A METAF
E OUTRAS

FRANZ KAFKA
A METAMORFOSE E OUTRAS NARRATIVAS

Tradução e organização
Luis S. Krausz

Ilustrações
Black Madre

1ª edição
FTD

FTD

Copyright © Luis S. Krausz, 2020
Todos os direitos reservados à
EDITORA FTD S.A.
Matriz: Rua Rui Barbosa, 156 — Bela Vista — São Paulo — SP
CEP 01326-010 — Tel. (0-XX-11) 3598-6000
Caixa Postal 65149 — CEP da Caixa Postal 01390-970
Internet: www.ftd.com.br
E-mail: central.relacionamento@ftd.com.br
Central de atendimento: 0800 772 2300

Diretor-geral	Ricardo Tavares de Oliveira
Gerente editorial	Isabel Lopes Coelho
Editor	Estevão Azevedo
Editoras assistentes	Bruna Perrella Brito e Flavia Lago
Coordenador de produção editorial	Leandro Hiroshi Kanno
Preparadora	Maria Fernanda Alvares
Revisoras	Tatiana Sado Jaworski, Fernanda Simões Lopes e Aline Araújo
Editores de arte	Daniel Justi e Camila Catto
Projeto gráfico	Aeroestúdio
Diagramação eletrônica	Jussara Fino
Caricaturas	Alexandre Camanho
Coordenadora de imagem e texto	Márcia Berne
Pesquisadora iconográfica	Rosa André
Tratamento de imagens	Ana Isabela Pithan Maraschin e Eziquiel Racheti
Diretor de operações e produção gráfica	Reginaldo Soares Damasceno

Textos usados para a tradução e organização:
KAFKA, Franz. *Das Urteil und andere Erzählungen*. Frankfurt a. M.: Fischer, 1963.
KAFKA, Franz. *Das Urteil - Die Verwandlung*. Frankfurt a. M.: Fischer, 2018.

Franz Kafka nasceu em 3 de julho de 1883 na cidade de Praga, Boêmia (hoje República Tcheca), então pertencente ao Império Austro-Húngaro. Estudou em sua cidade natal, formando-se em Direito, em 1906, e trabalhou como advogado. A maior parte de sua obra — contos, novelas, romances, cartas e diários, todos escritos em alemão — foi publicada postumamente. Kafka faleceu em um sanatório perto de Viena, Áustria, no dia 3 de junho de 1924, um mês antes de completar 41 anos de idade.

Luis Krausz é professor livre-docente de Literatura Hebraica e Judaica na Faculdade de Filosofia, Letras e Ciências Humanas da Universidade de São Paulo (USP). É pós-doutor em Literatura e Cultura Judaica (2010) e doutor em Literatura e Cultura Judaica (2007) pela USP, com estágio de pesquisa na Universidade Livre de Berlim. Também é mestre em Letras Clássicas pela Universidade da Pensilvânia, com tese escrita na Universidade de Zurique sob orientação do Prof. Dr. Walter Burkert (1992).

Dados Internacionais de Catalogação na Publicação (CIP)
(Câmara Brasileira do Livro, SP, Brasil)

Kafka, Franz, 1883-1924
  A metamorfose e outras narrativas / Franz Kafka; [tradução e organização Luis S. Krausz; ilustrações Black Madre]. — 1. ed. — São Paulo: FTD, 2020.

  Título original: Die Verwandlung
  ISBN 978-85-96-02829-5

  1. Ficção juvenil I. Krausz, Luis S. II. Madre, Black. III. Título.

20-35021   CDD-028.5

Índices para catálogo sistemático:
1. Ficção: Literatura infantojuvenil 028.5
2. Ficção: Literatura juvenil 028.5

Maria Alice Ferreira — Bibliotecária — CRB-8/7964

Esta obra foi publicada com o apoio do Instituto Goethe.

A - 882.148/24

SUMÁRIO

A chave para descobrir os clássicos 6
por Luiz Antonio Aguiar

Almanaque 11

Convite à leitura 24
por Luis S. Krausz

1 **A metamorfose 31**

2 **O veredicto 91**

3 **Diante da lei 105**

4 **Na colônia penal 107**

5 **Na galeria 143**

6 **Onze filhos 145**

7 **Um artista da fome 151**

8 **Um médico rural 165**

9 **Um relato para uma academia 173**

A CHA[VE]

Esta coleção convida você a participar de grandes aventuras: mergulhar nas profundezas da Terra, erguer sua lança contra feiticeiros e gigantes, conhecer os personagens mais fantásticos e mais corajosos de todos os tempos.

Algumas dessas aventuras farão sucesso e vão lhe possibilitar novas maneiras de enxergar a vida e o mundo. Farão você rir, chorar — às vezes as duas coisas ao mesmo tempo. Revelarão segredos sobre você mesmo. E o levarão a enxergar mistérios do espírito humano.

Outras ficarão na sua memória por anos e anos. No entanto, você poderá reencontrá-las, não somente nas prateleiras, mas dentro de si mesmo. Como um tesouro que ninguém nem nada jamais tirará de você.

Você ainda poderá presentear seus filhos e netos com essas histórias e personagens. Com a certeza de estar dando a eles algo valioso — que lhes permitirá descobrir um reino de encantamentos.

É isto que os clássicos fazem: encantam a vida de seus leitores. No entanto, sua linguagem, para os dias de hoje, muitas vezes pode parecer inacessível. Afinal, não são leituras

E PARA
DESCOBRIR OS CLÁSSICOS

corriqueiras, comuns, dessas que encontramos às dúzias por aí e esquecemos mal as terminamos. Os clássicos são desafiantes. Por isso, esta coleção traz essas obras em textos com tamanho e vocabulário adaptados à atualidade, sem perder o poder tão especial que elas têm de nos transportar, de nos arrebatar para dentro da história. A ponto de poderem muito bem despertar em você a vontade de um dia ler as obras originais.

Tomemos como exemplo a obra *Robinson Crusoé*: o navio do sujeito naufraga. Com muito esforço, ele nada até uma ilha que fica fora das rotas de tráfego marítimo e se salva. É o único sobrevivente. Ao chegar à praia, estira-se na areia, desesperado, convencido de que jamais retornará à civilização e disposto a se deixar morrer ali.

Muita gente poderia dizer que essa história não apresenta elementos dramáticos para os dias de hoje, pois dispomos de diversos recursos para evitar que esse tipo de situação aconteça. Com mapas, rastreamento dos navios por satélites, equipes de busca munidas de super-helicópteros e computadores ultramodernos, ele logo seria resgatado. E... a história acabaria.

No entanto, somos cativados pela luta desse homem, que foi privado de tudo o que conhecia e isolado do mundo durante quase trinta anos. A gente se envolve com o personagem; somos tocados pela sua força de caráter e pela sua persistência em reconstruir, pouco a pouco, a vida, criando, a partir do nada, um novo mundo.

O espírito dessa obra não tem a ver com época ou recursos tecnológicos, mas com o dom de exibir o extraordinário. Não apenas o da fantasia, mas o do ser humano. Portanto, o extraordinário *de cada um de nós*.

Os clássicos falam de amor, ciúme, raiva, busca pela felicidade como outras obras não falam. Vão mais fundo, ao mesmo tempo que são sutilmente reveladores.

Não é à toa que atravessaram séculos (alguns, até milênios) e foram traduzidos para tantos idiomas, viraram filmes, desenhos animados, musicais, peças de teatro, histórias em quadrinhos. Existe algo neles que jamais envelhece, conserva-se intensamente humano. E mágico.

Afinal, quem é capaz de ler *Dom Quixote* e não se divertir e se comover com o Cavaleiro da Triste Figura?

Quem não torce para Phileas Fogg chegar a Londres, no dia e na hora marcados, e ganhar a aposta, depois de viajar com ele, superando obstáculos e perigos, nos 80 dias da volta ao mundo?

Quem lê *Os três mosqueteiros* sem desejar, uma vez que seja, erguer uma espada junto com seus companheiros, gritando:

UM POR TODOS E TODOS POR UM!?

Os clássicos são às vezes mais vívidos do que a vida e seus personagens, mais humanos do que o ser humano, porque neles as paixões estão realçadas, e as virtudes e os defeitos de seus personagens são expostos com genialidade criadora, literária, em cenas que jamais serão esquecidas e em falas que já nasceram imortais.

Os clássicos investigam os enigmas do mundo e do coração, da mente, do espírito da gente. Eles falam de nossas dúvidas, de nossas indagações. Geralmente, não oferecem respostas, mas vivências que nos transformam e nos tornam maiores... por dentro.

São capazes de nos colocar no interior do submarino *Nautilus*, vendo com olhos maravilhados prodígios imaginados por Júlio Verne em *Vinte mil léguas submarinas*.

Ou nos levam à França do século XIX. Num piscar de olhos, estamos prontos para iniciar um duelo de espadas; noutro instante, intrigados, fascinados com a obsessão de Javert, um dos mais impressionantes personagens criados pela literatura. Assim como, em certos trechos, já nos vemos em fuga desesperada sofrendo com toda a injustiça que se abate sobre o herói de *Os miseráveis*.

As traduções e adaptações desta coleção buscam proporcionar a você um acesso mais descomplicado aos clássicos, como se fosse uma chave para descobri-los, para tomar posse de um patrimônio. O melhor que a humanidade produziu em literatura.

Luiz Antonio Aguiar
Mestre em Literatura Brasileira pela PUC-RJ.
É escritor, tradutor, redator e professor em cursos
de qualificação em Literatura para professores.

A META[MORFOSE]
E OUTRAS [HISTÓRIAS]

FRAN[Z]
KAF[KA]

ORFOSE

ARRATIVAS

ALMANAQUE

KA

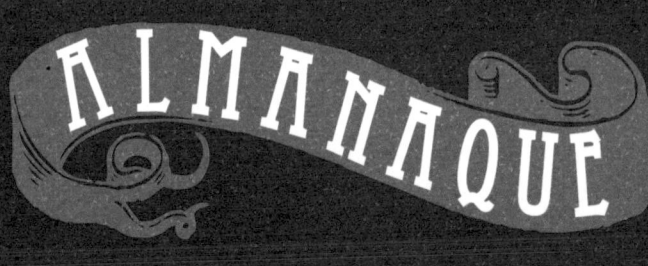

O MESTRE DO ABSURDO

Retrato de Franz Kafka
(coleção particular)

Nenhum escritor sentiu tão fortemente as transformações do mundo no século XX como **Franz Kafka**. Em sua literatura — em grande parte publicada após a sua morte —, o mundo administrado, a burocracia sufocante, a psique torturada do homem moderno diante da falta de sentido da vida comparecem a cada página, em situações levadas ao extremo do absurdo. Com seu espírito em estado de alerta, ele tratou de temas que antecipavam o clima de terror da Segunda Guerra Mundial (1939-1945), como a tirania e o totalitarismo. Chega a ser espantosa sua percepção do mundo, levando em conta que passou grande parte da curta vida em Praga, na época uma das cidades do Império Austro-Húngaro e que mais tarde viria a ser a capital da República Tcheca. Foi lá que ele nasceu, em 3 de julho de 1883, filho de um comerciante judeu, Hermann Kafka, dono de uma loja de tecidos que aos poucos expandiu seus negócios, e de Julie Kafka, cujo sobrenome de solteira era Löwy, também de família judaica. O pai era um homem severo, que viera de uma família pobre e passara por grandes dificuldades na infância, trabalhando duro desde cedo. Para o menino, primeiro filho do casal, essa era uma sombra com a qual era difícil de lidar e que o exasperava. O pai era um gigante que poderia esmagá-lo sob os pés. A relação entre os dois sempre foi bastante tensa, como ele chegou a escrever numa carta que permaneceria inédita até a sua morte — publicada depois com o título de *Carta ao pai*. "Você assumia para mim o que há de enigmático em todos os tiranos, cujo direito está fundado não no pensamento, mas na própria pessoa. Pelo menos assim me parecia", ele escreveu.
Essa figura gigantesca do tirano e a falta de liberdade aparecem na obra de Kafka. Claro que o tema não é apenas resultado de seus atritos familiares,

mas de certa forma ecoa no mundo inusitado e assustador de Gregor Samsa, em *A metamorfose*, um dos poucos livros que o escritor publicou em vida, em 1915. Além de Kafka, seus pais tiveram dois meninos, que morreram muito cedo, e três filhas, Gabrielle, Valerie e Ottilie, a Ottla, sua irmã preferida. As três morreram em campos de concentração, durante a Segunda Guerra.

Toda sua educação foi em alemão, tanto em casa quanto na escola. No Ensino Fundamental, por exemplo, grande parte de seus professores era austríaca, e as aulas eram ministradas em alemão. Ele sabia o tcheco, pelo convívio com as criadas de sua casa. Quando concluiu seus estudos fundamentais, pensou em estudar Filosofia, mas sabia que teria de enfrentar a resistência paterna. Acabou optando por Química, mas não ficou nem 15 dias na faculdade. Mudou para o curso de Direito, no qual se doutorou, começando a estagiar em tribunais de Praga. Foi na faculdade que conheceu um dos seus maiores amigos, Max Brod, que, assim como ele, queria ser escritor. Brod, que também era judeu, transitava mais facilmente pelo mundo das letras e das artes, frequentando cafés e cabarés, como muitos jovens da época. Tornou-se um admirador incondicional das narrativas de Kafka, que ele passou a promover entre seus conhecidos, jovens escritores e editores de revistas e livros. "Colocava nas nuvens um desconhecido Franz Kafka, que ele via como um verdadeiro mestre da nova prosa e da nova psicologia", comentou o escritor austríaco Stefan Zweig.

Reservado e introvertido, Kafka teve uma vida amorosa bastante conturbada. Ele não chegou a se casar, mas ficou noivo duas vezes da mesma mulher, Felice Bauer, em cinco anos. Ela morava em Berlim, e ele, em Praga, e se correspondiam com frequência. Além de Bauer, outras mulheres marcaram a vida do escritor, como Milena Jesenská e Dora Diamant, que foi sua última companheira. Chegaram a morar algum tempo juntos, em Berlim, em 1923, quando enfim Kafka pôde se afastar da sombra paterna. No entanto, seu estado de saúde os obrigou a retornar a Praga. Desde 1917, ele sofria de tuberculose. Nessa época, trabalhava como advogado no Instituto de Seguros contra Acidentes do Trabalho. Era um funcionário bastante admirado na repartição, mas teve de se aposentar em 1922, dado o avanço da doença.

Kafka morreu no dia 3 de junho de 1924, aos 40 anos, no sanatório de Kierling, próximo a Viena, Áustria. Foi sepultado no Novo Cemitério Judaico de Praga. Até sua morte, ele havia publicado sete pequenos volumes de textos, desde 1913. São eles: *O foguista* (1913), *O veredicto* (1913), *A metamorfose* (1915), *Um médico rural* (1918), *Na colônia penal* (1919) e *Um artista da fome* (1922).

Todos os seus outros livros foram publicados após a sua morte, por Max Brod, que resolveu contrariar o desejo expresso do amigo, que havia lhe pedido, em carta, que queimasse todos os seus escritos. Além de romances, como *O processo* e *O castelo*, Brod reuniu as narrativas breves de Kafka e acompanhou a edição de seus diários e cartas. Se ele não tivesse tomado

Desenho de Kafka, intitulado "Homem na mesa", de 1905, para *O processo* (da coleção de Franz Kafka Museum, Praga)

essa decisão, a literatura do século XX jamais seria a mesma.

Kafka desvelou o tormento do homem contemporâneo no mundo. Sua literatura continua a ser uma pancada na cabeça do leitor. "Se um livro que estamos lendo não nos acordar com uma pancada na cabeça, por que o estamos lendo?", perguntou ele, numa carta, a um de seus amigos.

> Precisamos de livros que nos afetem como um desastre, que nos angustiem profundamente, como a morte de alguém que amamos mais que a nós mesmos.
>
> Franz Kafka, em carta a Oskar Pollak, em 1904

ERA DOS IMPÉRIOS

O assassinato do arquiduque Ferdinando, em ilustração da época (em *La Domenica del Corriere*, 12 de jul. 1914)

Na passagem do século XIX para o XX, a burguesia liberal europeia encontrava-se consolidada, com a expansão industrial e comercial, e com a Inglaterra e a França retirando matérias-primas de suas colônias na África e na Ásia. Como disse o historiador Eric Hobsbawm, esse foi um período de paz na Europa, mas que desembocaria nas duas grandes guerras. "Apesar das aparências, foi uma era de estabilidade social crescente dentro da zona de economias industriais desenvolvidas, que forneceram os pequenos grupos de homens que, com uma facilidade que raiava a insolência, conseguiram conquistar e dominar vastos impérios; mas uma era que gerou, inevitavelmente, em sua periferia, as forças combinadas da rebelião e da revolução que a tragariam", escreveu o historiador em *A era dos impérios*. Kafka acompanhou a Primeira Guerra Mundial, cujo estopim foi o assassinato do arquiduque Ferdinando, herdeiro do Império Austro-Húngaro, em Sarajevo, por um membro de uma organização nacionalista sérvia, a Mão Negra. No jogo de apoio entre os países, e também por interesses econômicos, a guerra acabou explodindo, em 1914. Ao terminar, em 1918, a fome grassava em vários lugares da Europa, e o mundo já não era o mesmo.

DIÁRIO DE LEITURAS

→ OS JUDEUS EM PRAGA

Praga, cidade em que Kafka nasceu e viveu, fazia parte do potente Império Austro-Húngaro, uma reunião política do Império da Áustria e do Reino da Hungria, com duas capitais, Viena e Budapeste, mas dirigido por um só monarca, Francisco José I, da Casa dos Habsburgos. O império reunia, em seu bojo, além de austríacos e húngaros, eslavos, tchecos, romenos, eslovenos, croatas, sérvios, italianos, poloneses, ucranianos e diversas outras minorias, o que sempre foi um ponto vulnerável, com vários momentos de tensão disparados pelo movimento nacionalista. Os judeus em Praga ocupavam bairros próprios e sofriam perseguições. Por isso, muitas famílias tiveram de mudar seus nomes. O novo nome era escolhido por funcionários do império, como foi o caso dos antepassados do escritor. Para a família dele, foi escolhido o sobrenome Kafka, que quer dizer "corvo". Durante sua vida, o autor viu essa velha potência se esfarelar, no fim da Primeira Guerra Mundial.

Foto do bairro judeu em Praga onde ficava a casa alugada por Ottla, irmã de Kafka que o acolheu de 1917 a 1918

A obra de Kafka não encontra paralelos, nem antes nem depois dele. No entanto, ele tinha as suas grandes admirações literárias, que anotava em seus diários, como o escritor alemão J. W. Goethe, o francês Gustave Flaubert e o suíço Robert Walser.

JOHANN WOLFGANG VON GOETHE

Quadro de Johann Heinrich Tischbein, de 1787, retratando Goethe (óleo sobre tela, 164 cm × 206 cm)

Johann Wolfgang von Goethe é um dos grandes nomes do Romantismo alemão. Nascido em Frankfurt em 1749, Goethe foi poeta, romancista, dramaturgo, estudioso de Arte e Ciências. Ficou internacionalmente conhecido quando publicou o romance *Os sofrimentos do jovem Werther* (1774), que marcou o Romantismo europeu. Participou do movimento *Sturm und Drang* (tempestade e ímpeto), que surgiu no final do século XVIII e é considerado a primeira corrente romântica da Europa. Sua obra-prima, no entanto, é o poema dramático *Fausto*, cuja publicação dividiu-se em duas partes: a primeira foi publicada em 1808, e a segunda, em 1832, ano em que Goethe morreu, na cidade de Weimar, Alemanha, aos 82 anos.

GUSTAVE FLAUBERT

Gustave Flaubert, em fotografia de 1875

Gustave Flaubert (1821-1880) era uma das maiores admirações literárias de Kafka. O escritor francês transformou completamente a arte do romance ao procurar criar um narrador objetivo e ao dar autonomia para os personagens e para as cenas em suas duas principais obras: *Madame Bovary* (1856) e *Educação sentimental* (1869). Em outras palavras, ele lapidou sua prosa ao extremo para apresentar as situações sem a interferência dos comentários do narrador. Seu ideal era que a obra falasse por si mesma, desenrolando-se na frente do leitor quase cena a cena, por meio das descrições plásticas e dos diálogos necessários. Foi um dos grandes mestres do Realismo.

ROBERT WALSER

Retrato de Robert Walser, um dos autores prediletos de Kafka

Robert Walser (1878-1956) é um desses autores enigmáticos da história da literatura. Nascido na Suíça, em uma família de poucos recursos, largou os estudos ainda na adolescência e passou a trabalhar em vários serviços e a ter uma vida errante. Entre 1907 e 1929, escreveu seus principais romances, como *Os irmãos Tanner*, *O ajudante* e *Jakob von Gunten*. Walser retratou o novo homem do século que nascia, obediente e servil, pronto para ser massa de manobra de regimes totalitários. Kafka não chegou a conhecê-lo pessoalmente, mas era grande admirador de seus contos e romances. Walser passou anos em sanatórios, e seu corpo foi encontrado na neve, em dezembro de 1956.

REALISMO KAFKIANO

A literatura do século XX rompe com a perspectiva do Realismo do século anterior. Se até então, nos grandes autores, como o francês Balzac (1799-1850), o russo Tolstói (1828-1910) e Flaubert, encontramos um narrador que olha e controla a cena de fora, procurando reproduzir a realidade, copiando-a tal como é, como faria um jornalista, por exemplo, o romance do século XX radicalizará esse procedimento, mas de forma que a perspectiva ficará fora de foco: ou o escritor mergulhará na psique dos personagens, como se os olhasse por dentro, no seu caos interior, ou os retratará de muito longe, por meio de gestos e atitudes, ou seja, pelo comportamento geral. Na obra de Kafka, que se considerava um parente de sangue de Gustave Flaubert, a realidade é vista nos seus mecanismos de alienação. Como notou o crítico literário Modesto Carone, um dos mais importantes estudiosos da obra de Kafka no Brasil, o autor mostra o mundo como ele é e como é percebido pelo olhar alienado. O absurdo **kafkiano** é uma forma de tocar a verdade e revelá-la ao leitor.

Capa da primeira edição de *A metamorfose*

◆ **Kafkiano**: Segundo o dicionário *Houaiss*, o termo, que vem do nome do escritor tcheco, "evoca uma atmosfera de pesadelo, de absurdo, especialmente em um contexto burocrático que escapa a qualquer lógica ou racionalidade".

VANGUARDAS EUROPEIAS

O grito, do artista norueguês Edvard Munch (1893, óleo sobre tela, têmpera e pastel sobre cartão)

Uma série de abalos artísticos renovou a arte do século XX, na Europa, e de lá ecoou nos outros países do mundo, como no Brasil. As chamadas "vanguardas europeias" sacudiram o universo da criação, rompendo com as características marcantes da arte do século XIX. Surgiram movimentos como Cubismo, Futurismo, Dadaísmo, Expressionismo e Surrealismo. No caso brasileiro, a Semana de Arte Moderna de 1922 abriu caminho para o que se convencionou chamar de Modernismo. Essas manifestações artísticas radicalizaram os procedimentos da arte, deformando as imagens, fragmentando-as ou trabalhando-as de forma rigorosamente esquemática, além de questionar a transformação da arte em mera mercadoria, como podemos ver em artistas como o norueguês Edvard Munch (1863-1944), o espanhol Pablo Picasso (1881-1973), o francês Marcel Duchamp (1887-1968), entre outros.

NA GALERIA DE ARTE

Numa visita a uma galeria de artes em Praga, Franz Kafka pôde observar várias obras do pintor espanhol Pablo Picasso. Esse fato é contado por Gustav Janouch, em *Conversas com Kafka*. Janouch era um adolescente de 17 anos que considerava o escritor, então com 37 anos, uma espécie de mestre. O jovem estava impressionado com as distorções das imagens de Picasso e comentou seu espanto com Kafka, que lhe teria dito: "Ele apenas registra as deformidades que ainda não penetraram na nossa consciência". E completou: "A arte é um espelho que avança como um relógio". Essa pequena passagem ajuda a entender a postura de Kafka diante do mundo moderno, já que em sua literatura ele adiantou muito do terror das tiranias e das ditaduras do século XX, que deformaram o espírito humano.

→ KAFKA NO CINEMA

Entre as adaptações da obra de Franz Kafka para o cinema, há pelo menos dois clássicos: *O processo* (1962), dirigido pelo cineasta norte-americano Orson Welles e transposto para o contexto político do **macartismo** norte-americano e da Guerra Fria; e *Relações de classe* (1984), do casal de diretores franceses Jean-Marie Straub e Danièle Huillet, adaptado do romance inacabado *O desaparecido ou Amerika*. Já *A metamorfose*, obra mais popular do escritor tcheco, ganhou as telas dos cinemas numa célebre adaptação do diretor teatral russo Valeri Fokin, em 2002. O romance teve também uma versão em quadrinhos, pelas mãos do aclamado quadrinista norte-americano Robert Crumb.

A vida de Kafka teve pelo menos duas versões cinematográficas: *Kafka* (1991), dirigido por Steven Soderbergh, com Jeremy Irons, numa narrativa policialesca; e o documentário franco-suíço *Quem foi Kafka?* (2005), de Richard Dindo, que aborda aspectos da vida e da obra do escritor.

◆ **Macartismo**: Termo usado para designar o período de intensa perseguição política nos Estados Unidos, na década de 1950, que visou principalmente ativistas e intelectuais de esquerda. A patrulha ideológica e repressiva partiu dos discursos inflamados do senador norte-americano Joseph McCarthy.

a solidariedade é o sentimento que melhor expressa o respeito pela dignidade humana.

franz kafka

CRONOLOGIA

Kafka, aos 2 anos (fotografia de 1885)

1883
Franz Kafka nasce em Praga, no dia 3 de julho, filho de Hermann Kafka (1851-1931) e Julie Kafka (1856-1934), cujo sobrenome de solteira era Löwy. Franz é o primeiro filho do casal.

1889
Começa a frequentar a escola primária. Nesse mesmo ano, nasce Ottla, sua irmã favorita, que lhe ajudará no fim da vida.

1893
Entra no liceu alemão do Palácio Kinský, onde conhecerá Oskar Pollak, um de seus grandes amigos, e com quem se corresponderá durante vários anos.

1899
Escreve seus primeiros ensaios literários e os destrói. Por volta desse ano passa a ler Nietzsche e Spinoza.

1901
Termina o liceu e ingressa na universidade, inicialmente no curso de Química, que abandonará 15 dias depois, optando pela carreira no Direito. Na Universidade Carolina, onde faz o curso de Direito, aproveita para estudar Literatura Alemã e História da Arte.

1902
Conhece Max Brod, escritor, crítico e editor de uma revista literária, que era um ano mais novo que ele.

1906

Formado em Direito, começa a estagiar nos tribunais de Praga. No ano seguinte, passa a trabalhar como advogado na filial da companhia de seguros Assicurazioni Generali, cuja sede ficava em Trieste, Itália.

1908

Começa a trabalhar como advogado no Instituto de Seguros contra Acidentes do Trabalho do Reino da Boêmia.

1912

Em agosto, conhece Felice Bauer, com quem mantém um relacionamento bastante conturbado. Na noite de 22 para 23 de setembro, escreve *O veredicto*. Em novembro, escreve *A metamorfose*. Nesse ano ainda, publica a coletânea *Meditação*.

1914

Fica noivo de Felice Bauer, em junho, e desmancha o noivado um mês depois. Entre agosto e dezembro, trabalha na composição do romance *O processo*, que não chegou a concluir. Também escreve *Na colônia penal*.

1916

Trabalha nos contos que serão reunidos em *Um médico rural*.

1917

Volta a ficar noivo de Felice Bauer. Em agosto, é diagnosticado com tuberculose. Passa uma temporada na casa de sua irmã Ottla, numa fazenda em Zürau, no interior da Boêmia. Em dezembro, sentindo-se melhor, visita Felice e desmancha novamente o noivado.

Franz Kafka com sua primeira noiva, Felice Bauer (Budapeste, jul. 1917).

1919

Escreve uma carta extensa ao pai, que nunca chegou a enviar. Trata-se de um duro acerto de contas, com a agudeza de percepção de Kafka. O texto foi publicado 26 anos após sua morte, com o título *Carta ao pai*.

1922

De licença médica por causa de sua doença, começa a escrever *O castelo*. Nesse mesmo ano, aposenta-se da companhia de seguros e passa a receber uma pensão.

1923

Muda-se para Berlim, para viver com Dora Diamant. Mas, com a piora de seu estado de saúde, precisa voltar, no ano seguinte, a Praga.

1924

Ainda na casa dos pais, em Praga, escreve *Josefina, a cantora, ou O povo dos camundongos*. Em 19 de abril, é internado no sanatório de Kierling, nos arredores de Viena, Áustria. Aproveita para corrigir as provas da edição da coletânea *Um artista da fome*. Em 3 de junho, morre de tuberculose, um mês antes de completar 41 anos. É sepultado no Novo Cemitério Judaico de Praga.

1925

A partir desse ano, sua obra inédita começa a ser publicada por seu amigo Max Brod.

Elaboração: Heitor Ferraz

Franz Kafka (1883-1924) nasceu em uma família judia de língua alemã, em Praga. A cidade, até 1918, fazia parte do Império Austro-Húngaro, onde o alemão era, juntamente com o tcheco, idioma corrente. A convivência entre a população de língua alemã e a de língua tcheca nem sempre foi pacífica na Praga do fim do século XIX, em função dos conflitos entre o nacionalismo tcheco, que desejava a independência em relação ao Império Austro-Húngaro, e a fidelidade de parte dos habitantes da cidade ao governo austríaco. Os judeus, que constituíam uma parcela significativa da população — a comunidade judaica de Praga chegou a representar quase 15% do número total de habitantes da cidade —, ocuparam um lugar ambíguo em meio a esse conflito. De um lado, o imperador austríaco, Francisco José I, pusera em marcha, na década de 1860, uma política para assegurar aos judeus plenos direitos de cidadania em seu império, o que não era evidente na Europa do século XIX, de maneira que ele foi visto por essa comunidade como um benemérito. Assim, os judeus de Praga, bem como os de outras regiões do Império Austro-Húngaro, lhe eram favoráveis e se empenhavam em adotar os valores, os costumes, a língua e a cultura da Áustria de língua alemã, inclusive em detrimento de suas próprias tradições culturais e do seu conhecimento de idiomas como o ídiche e o hebraico. De outro lado,

CONVITE À LEITURA

à medida que se avança século XX adentro, o mundo austro-alemão passa a ser cada vez mais tomado pelo antissemitismo racista, problematizando, assim, a assimilação dos judeus à cultura e ao idioma alemães.

Referindo-se à literatura de Kafka, criada num tempo-espaço marcado pelo choque entre culturas, territórios e políticas, os críticos franceses Gilles Deleuze e Félix Guattari conceberam o conceito de literatura menor: "Uma literatura menor não é a de uma língua menor, mas antes a que uma minoria faz em uma língua maior. Mas a primeira característica, de toda maneira, é que, nela, a língua é afetada de um forte coeficiente de desterritorialização. Kafka define, nesse sentido, o impasse que barra aos judeus de Praga o acesso à escrita, e faz de sua literatura algo impossível: impossibilidade de não escrever, impossibilidade de escrever em alemão, impossibilidade de escrever de outro modo".[1]

Assim, a língua e a literatura de Kafka se caracterizam por um particularismo extremo e, ao mesmo tempo, pela presença recorrente dos temas do estranhamento, da alienação, da incompreensão. Sua obra foi descrita pelo crítico alemão Paul Friedrich como "a obra de um artista solteiro" — outra re-

---

[1] DELEUZE, Gilles; GUATTARI, Félix. *Kafka*: por uma literatura menor. Tradução de Cíntia Vieira da Silva. Belo Horizonte: Autêntica, 2014.

ferência direta à distância que, ao longo de toda a vida de Kafka, o separou e o alienou de seu entorno.

A temática das obras reunidas neste volume, portanto, é típica da obra de Kafka como um todo e diz respeito à vivência do autor como membro de uma minoria, como homem de língua alemã numa cidade de maioria tcheca, como judeu entre falantes de alemão que, cada vez mais, se deixavam influenciar pelo antissemitismo europeu.

Kafka morreu 15 anos antes do início da Segunda Guerra Mundial, mas a temática de sua obra antecipa muitos aspectos dos totalitarismos genocidas que surgiram na Europa das décadas de 1930 e 1940, em especial o desamparo do indivíduo ante os implacáveis e incompreensíveis mecanismos burocráticos que regem a vida nas sociedades de massa — e que, não raro, levam a mortes sem nenhum tipo de justificativa.

O horror de uma existência colocada sob o signo da submissão total a poderes tão incontroláveis quanto incompreensíveis é um dos temas centrais de sua obra, que ganha, assim, o estatuto de metáfora da existência sob os totalitarismos do século XX e seus desdobramentos.

Luis S. Krausz
Professor livre-docente de Literatura Hebraica e Judaica na Faculdade de Filosofia, Letras e Ciências Humanas da Universidade de São Paulo (USP).

A METAD

E OUTRAS

MORFOSE
ARRATIVAS

1

A metamorfose

I

Certa manhã, ao despertar de sonhos intranquilos, Gregor Samsa viu-se, em sua cama, transformado num enorme inseto nocivo. Ele estava deitado sobre as costas, uma dura couraça, e, ao erguer um pouco a cabeça, viu sua barriga abaulada, marrom, repartida por listras em forma de arco, em cima da qual o cobertor mal se equilibrava, prestes a escorregar para o chão. Suas muitas pernas, pateticamente magras em comparação com o tamanho do resto do corpo, tremulavam, desamparadas, diante dos seus olhos.

"O que aconteceu comigo?", pensou ele. Aquilo não era um sonho. Seu quarto, um quarto normal, de gente, só um pouco pequeno, permanecia tranquilo, como de costume, entre suas quatro paredes. Acima da mesa, sobre a qual se espalhava uma coleção de amostras de tecidos — Samsa era representante comercial —, a gravura, que pouco tempo antes ele recortara de uma revista ilustrada e colocara numa bonita moldura dourada, pendia da parede. Nela estava retratada uma mulher sentada, ereta, a cabeça coberta com um chapéu de pele, com um cachecol de pele em torno do pescoço, e os antebraços, envoltos por uma grande peliça, erguidos em direção a quem a olhava.

Em seguida, o olhar de Gregor voltou-se para a janela. O dia cinzento — ouviam-se as gotas de chuva golpeando o telhado — deixou-o melancólico. "Que tal se eu ainda dormisse um pouco mais e esquecesse todas estas tolices?", pensou. Mas aquilo era totalmente impossível, pois ele estava acostumado a dormir deitado sobre seu lado direito e, em seu estado atual, não era capaz de se colocar nessa posição. Ainda que ele se lançasse, com toda a força, para a direita, sempre acabava sendo balançado de volta à posição de costas. Ele tentou pelo menos cem vezes, fechando os olhos para poupar-se da visão de suas perninhas trêmulas, e só desistiu ao sentir uma dor leve e abafada no flanco, uma dor como ele nunca sentira antes.

"Oh! Meu Deus!", pensou, "Que profissão cansativa esta que escolhi! Todos os dias, viajar. As exigências deste trabalho são muito maiores do que as do comércio em loja e, ainda, tenho que suportar o sofrimento das viagens, a preocupação com os horários dos trens, a comida ruim, em horas erradas, e um contato com as pessoas que é sempre incerto, nunca duradouro, que nunca chega a se tornar cordial. Para o diabo com tudo isso!". Ele sentiu uma leve coceira na parte mais alta da barriga, escorregou, sobre as costas, para mais perto da cabeceira, para assim poder erguer melhor a cabeça, e viu que o lugar que sentia coçar estava cheio de pontinhos brancos, que ele não era capaz de explicar, e queria tocar aquele ponto com uma de suas patinhas, mas logo voltou atrás, pois, ao tocá-lo, foi sacudido por calafrios.

Escorregou de volta para sua posição anterior. "Este costume de levantar cedo", pensou, "torna as pessoas idiotas. A pessoa precisa dormir. Os outros representantes comerciais vivem como se fossem mulheres de um harém. Por exemplo, quando volto para o hotel, no meio da manhã, para preencher os pedidos que consegui obter, encontro esses senhores ainda à mesa do café da manhã. Se eu ousasse me portar dessa forma, o chefe me mandaria para o olho da rua. Aliás, quem sabe se isso não seria melhor para mim? Se eu não tivesse que me controlar, por causa dos meus pais, já teria me demitido há muito tempo. Teria me apresentado ao chefe e teria lhe dito tudo o que penso sobre ele, do fundo do meu coração. E ele haveria de cair da cadeira! Aliás, que jeito estranho ele tem de se sentar diante da escrivaninha e de falar de cima para baixo com os empregados, que, além disso, são obrigados a chegar bem perto dele, por causa da sua surdez. Bem, ainda não perdi totalmente as esperanças: assim que eu tiver reunido o dinheiro para pagar a dívida que meus pais têm com o chefe — isso ainda deve demorar uns cinco ou seis anos — imediatamente farei isso. E então darei o grande passo. Mas, por enquanto, preciso me levantar, pois o meu trem parte às cinco horas".

Ele, então, olhou para o despertador, que tiquetaqueava sobre o criado-mudo. "Deus do céu", pensou. Já eram seis e meia, e os ponteiros continuavam a avançar, tranquilamente. Na verdade, já eram seis e meia passadas, e logo seriam quinze para as sete. Será que o despertador não tinha tocado? Da cama dava para ver que de fato o despertador estava ajustado para tocar às quatro horas, e decerto tocara mesmo. Sim, mas seria possível continuar a dormir tranquilamente, perante aquela campainha que sacudia até a mobília? Bem, tranquilamente é que ele não dormira, mas talvez, por isso mesmo, o sono fora ainda mais profundo. Mas o que fazer agora? O próximo trem partia às sete horas e, para apanhá-lo, teria que se apressar como um louco. E o mostruário ainda não estava dentro da pasta, e ele mesmo não se sentia nem um pouco descansado nem ágil. E, mesmo que fosse capaz de apanhar o trem, não haveria como escapar da fúria do chefe, pois o empregado da loja estava à espera dele, junto ao trem das cinco, e a notícia de que ele perdera o trem decerto já chegara havia tempo. Pois o empregado era um títere do chefe, uma criatura sem espinha dorsal e sem discernimento. E que tal se mandasse dizer que estava doente? Mas aquilo seria extremamente constrangedor e suspeito, pois, durante todos os seus cinco anos de serviço, Gregor não adoecera uma única vez. Decerto, o chefe haveria de procurar o médico do seguro-saúde, acusaria os pais de Gregor de terem um filho preguiçoso e refutaria todas as alegações, apoiado no médico, para quem só existem pessoas saudáveis, porém avessas ao trabalho. E será que, neste caso, o médico estaria mesmo errado? De fato, Gregor sentia-se bastante bem, apesar de uma sonolência realmente injustificável depois da longa noite de sono, além de sentir uma fome extraordinariamente intensa.

Enquanto ele pensava, muito apressado, em tudo isso, sem, no entanto, ser capaz de decidir deixar a cama — o despertador acabara de soar quinze para as sete —, batidas cuidadosas soaram na porta, junto à cabeceira de sua cama.

— Gregor — ele ouviu. Era sua mãe. — São quinze para as sete. Você não pretendia sair?

— Que voz suave! — Gregor assustou-se ao ouvir a própria voz ao responder. Era, inconfundivelmente, sua voz anterior, mas a ela misturava-se um piado doloroso, vindo de baixo, que ele era incapaz de reprimir e que, só num primeiro instante, permitia que as palavras soassem claras, para logo a seguir destruí-las de uma tal forma que já era impossível saber se tinham sido ouvidas direito. Gregor queria responder e explicar tudo, mas, diante das circunstâncias, limitou-se a dizer:

— Sim, sim, obrigado, mãe, já estou levantando.

Por causa da porta de madeira, era impossível perceber, do lado de fora, a alteração na voz de Gregor, pois a mãe tranquilizou-se com a explicação dele e afastou-se dali, arrastando os pés. Mas, por meio daquela breve conversa, os demais membros da família se deram conta de que, ao contrário do que se esperava, Gregor ainda estava em casa, e logo o pai pôs-se a bater na mesma porta lateral, levemente, porém com o punho fechado.

— Gregor! Gregor! — disse ele. — O que está acontecendo? — E, a seguir, ele tornou a advertir, com uma voz grave: — Gregor! Gregor!

Na outra porta lateral, agora, a voz baixa de sua irmã lamentava:

— Gregor? Você não está se sentindo bem? Precisa de alguma coisa?

Dirigindo-se a ambos os lados, Gregor respondeu:

— Já estou pronto — por meio da mais cuidadosa pronúncia e da introdução de longas pausas entre as palavras, ele se esforçava para eliminar da voz qualquer coisa que fosse capaz de chamar a atenção.

De fato, o pai voltou a seu café da manhã, mas sua irmã sussurrou:

— Gregor, abra a porta, eu lhe suplico.

Gregor, porém, nem sequer pensava em abrir a porta e, em vez disso, sentiu-se agradecido pela própria cautela, adquirida com as viagens, de trancar todas as portas à noite, até mesmo quando estava em casa.

Agora, o que ele queria era levantar-se tranquilamente, sem ser incomodado por ninguém, vestir-se e, principalmente, tomar seu café da manhã, e só então pensar no que faria depois, pois logo percebeu que, na cama, os pensamentos não o conduziriam a nenhum propósito sensato. Ele se lembrou de, várias vezes, já ter sentido algum tipo de dor leve, na cama, talvez causada por um jeito inadequado de se deitar, uma dor que, tão logo ele se levantava, mostrava ser pura ilusão, e ele estava ansioso por saber como suas impressões de hoje aos poucos iriam se desfazer. Não havia nenhuma dúvida de que a mudança em sua voz não seria outra coisa além do prenúncio de um belo resfriado, essa doença típica dos viajantes profissionais.

Com facilidade, ele jogou o cobertor para o lado: bastou estufar-se um pouco e ele caiu por si só. Mas, depois, as coisas começaram a ficar difíceis, principalmente porque ele se tornara tão exageradamente largo. Teria precisado de mãos e braços para se erguer, mas, em vez disso, só o que tinha eram aquelas patinhas, que se agitavam de diferentes maneiras, incessantemente, cujo movimento ele era incapaz de controlar. Se tentava encolher uma delas, ela se esticava. E quando, por fim, conseguia fazer o que desejava com aquela pata, as demais, como se tivessem sido libertas, começavam a se agitar, excitadas, dolorosamente. "O mais importante é não ficar na cama além do necessário", disse Gregor consigo mesmo.

Primeiro, ele tentou sair da cama com a parte inferior do corpo, mas essa parte de baixo, que, aliás, ele ainda não chegara a ver, e que tampouco era capaz de imaginar de fato, mostrou-se muito difícil de movimentar. Era tão lerda. Quando, afinal, quase enfurecido, ele concentrou suas forças e se lançou para a frente, de maneira insensata, bateu no pé da cama com força, pois tinha escolhido a direção errada, e a dor ardente que ele sentiu lhe ensinou que, naquele momento, talvez a parte inferior de seu corpo fosse a mais sensível.

Então, ele tentou tirar primeiro a parte superior do corpo e virou, cuidadosamente, a cabeça em direção à beirada da cama. Conseguiu fazê-lo com facilidade e, apesar de sua largura e de seu peso, por fim sua massa corporal acompanhou o movimento da cabeça. Mas, quando finalmente ele a suspendeu no ar, fora da cama, ficou com medo de avançar mais dessa maneira, pois, se ele se deixasse cair assim, teria que ocorrer algum milagre para evitar que se ferisse na cabeça. E, naquele instante, não poderia, por nada, perder o bom senso. Era melhor permanecer na cama.

Mas, quando, depois de um novo esforço, viu-se deitado como antes, suspirando, e viu suas patinhas lutando umas contra as outras ainda mais nervosas, e viu-se impossibilitado de ordenar e acalmar aqueles movimentos insubmissos, voltou a dizer a si mesmo que era impossível permanecer na cama e que o mais razoável seria sacrificar tudo, ainda que só houvesse uma mínima esperança de conseguir se livrar dela. Ao mesmo tempo, porém, ele não deixava de lembrar, a cada tanto, que refletir com toda a calma e tranquilidade é muito melhor do que tomar decisões precipitadas. E, naqueles instantes, voltava um olhar atento para a janela, mas infelizmente a vista da neblina matinal, que ocultava até mesmo o outro lado da rua, tinha pouca confiança e pouco ânimo a lhe oferecer.

"Já são sete horas", disse a si mesmo, enquanto o despertador soava novamente. "Já são sete horas, e ainda uma neblina dessas." E, por um instante, permaneceu imóvel, com a respiração curta, como se estivesse esperando que o silêncio completo trouxesse de volta as circunstâncias verdadeiras e normais.

Mas, então, disse consigo mesmo: "Antes que soem as sete e quinze, eu preciso deixar totalmente a cama. Aliás, até lá, alguém virá da loja, para perguntar por mim, pois a loja abre antes das sete horas". E, então, ele se pôs a balançar o corpo em toda sua extensão, num ritmo uniforme, arrastando-se para fora da cama. Se ele se deixasse cair dessa maneira, supostamente sua cabeça permaneceria ilesa, pois pretendia erguê-la ao máximo durante a queda. Suas costas pareciam ser bem duras, e provavelmente nada aconteceria com elas quando se precipitasse sobre o tapete. O que mais o preocupava eram as considerações acerca do grande estrondo que, provavelmente, soaria e que, ao atravessar todas as portas, decerto despertaria preocupação e até mesmo pavor. Mas era preciso tentar.

Quando Gregor já estava com a metade do corpo fora da cama — o novo método era mais uma brincadeira do que propriamente um esforço, pois bastava balançar-se por meio de impulsos —, ocorreu-lhe que tudo seria bem simples se alguém viesse ajudá-lo. Duas pessoas fortes — ele pensava no pai e na empregada — seriam suficientes. Bastava que colocassem os braços por debaixo de suas costas abauladas, o puxassem da cama, se abaixassem suportando seu peso e, assim, apenas teriam que aguardar que ele completasse a volta sobre o assoalho, quando, então, se esperava que as patinhas passassem a fazer algum sentido. Mas, sem levar em conta que as portas estavam trancadas, será que ele deveria mesmo gritar por ajuda? Apesar de todo o seu sofrimento, ele não foi capaz de conter um sorriso ao pensar nisso.

Já se tornara quase impossível manter o equilíbrio quando ele se balançava com um pouco mais de força, e logo ele teria que decidir, definitivamente, pois em cinco minutos seriam sete e quinze. E, então, soou a campainha da porta do apartamento.

"É alguém da loja", disse a si mesmo, e quase ficou paralisado, enquanto suas patinhas dançavam, ainda mais apressadas.

Por um instante, tudo permaneceu em silêncio.

"Eles não vão abrir", disse Gregor consigo mesmo, tomado por alguma esperança sem sentido. Mas então, evidentemente, a empregada dirigiu-se, como sempre, com seus passos firmes para a porta e a abriu. Bastou a Gregor ouvir a primeira palavra de saudação do visitante para saber quem ele era — o gerente em pessoa. Por que Gregor tinha sido condenado a trabalhar numa firma na qual a menor falta imediatamente se transformava na maior suspeita? Será que todos os empregados não passavam de vagabundos? Não havia, entre eles, nenhum ser humano dedicado e confiável que, se deixasse de aproveitar para o comércio apenas algumas horas matinais, enlouqueceria de dores de consciência e por isso seria capaz de deixar a cama? Será que não bastava enviar um aprendiz para perguntar o que estava acontecendo — se é que essa pergunta fosse mesmo necessária? Precisava vir o gerente em pessoa e, com isso, toda a família inocente ficar sabendo que as investigações a respeito desse assunto suspeito somente poderiam ser confiadas ao discernimento do gerente? E, mais por causa do nervosismo que tomou Gregor em decorrência desses pensamentos do que por alguma decisão propriamente dita, ele se lançou, com toda a força, para fora da cama. Um baque forte soou, mas não era propriamente um estrondo. A queda foi parcialmente amortecida pelo tapete e, além disso, suas costas eram mais flexíveis do que ele imaginara. Por isso, aquele baque surdo, que não chamara tanta atenção. Mas ele não mantivera a cabeça numa posição suficientemente cuidadosa e batera com ela. Ele a virou e a esfregou no tapete, de raiva e de dor.

— Algo caiu lá dentro — disse o gerente, na sala ao lado, à esquerda.

Gregor tentava imaginar se algo semelhante àquilo que lhe acontecera hoje não poderia ocorrer também com o gerente. De fato, era preciso admitir que existia tal possibilidade. Mas, como uma resposta rude a essa pergunta, agora o gerente na sala ao lado deu alguns passos decididos, fazendo estalar suas botas envernizadas. Do quarto ao lado, à direita, a irmã sussurrou, explicando a Gregor:

— Gregor, o gerente está aqui.

— Eu sei — disse Gregor, como se estivesse falando sozinho, mas sem ousar elevar a voz suficientemente para que a irmã o ouvisse.

— Gregor — disse então o pai, da sala ao lado, à esquerda —, o senhor gerente veio e quer saber por que você não partiu com o trem hoje cedo. Não sabemos o que dizer a ele. Aliás, ele também quer falar pessoalmente com você. Então, por favor, abra a porta. Ele certamente vai ter a bondade de desculpar a desordem no quarto.

— Bom dia, *Herr* Samsa — exclamou, enquanto isso, o gerente, num tom amigável.

— Ele não está se sentindo bem — disse a mãe ao gerente, enquanto o pai continuava a falar junto à porta. — Ele não está se sentindo bem, acredite em mim, senhor gerente. Pois, se não fosse assim, como ele teria sido capaz de perder o trem? Esse menino não pensa em nada a não ser no trabalho. Eu quase me aborreço porque ele nunca sai à noite. Pois agora ele passou oito dias na cidade, mas em todas as noites ficou em casa. Ele permanece sentado conosco à mesa e lê o jornal, silenciosamente, ou estuda os horários dos trens. Para ele, ocupar-se com pequenos trabalhos de marcenaria já é uma diversão. Em duas ou três noites, por exemplo, ele fez uma pequena moldura, o senhor vai ver que beleza, está pendurada lá dentro, no quarto dele, o senhor vai ver, assim que Gregor abrir a porta. Aliás, estou contente que o senhor esteja aqui, senhor gerente, pois nós não seríamos capazes de fazer com que Gregor abrisse a porta. É tão teimoso e, decerto, ele não está se sentindo bem, embora tenha dito que não, mais cedo, hoje.

— Eu já vou — disse Gregor, devagar e com cuidado, e sem se mexer para não perder nenhuma palavra da conversa.

— Sim, minha cara senhora, eu também não consigo encontrar outra explicação — disse o gerente. — Espero que não seja nada grave. Por outro lado, devo dizer que nós, homens de negócios, feliz ou infelizmente, com muita frequência somos obrigados a superar qualquer ligeiro mal-estar em consideração aos negócios.

— Então, o gerente já pode entrar? — perguntou o pai, impaciente, voltando a bater na porta.

— Não — disse Gregor.

Na sala ao lado, à esquerda, fez-se um silêncio constrangedor. No quarto ao lado, à direita, a irmã começou a soluçar.

Por que a irmã não se juntava aos outros? Decerto ela acabara de se levantar e ainda nem começara a se vestir. E por que ela estava chorando? Porque ele não se levantava e porque não deixava o gerente entrar, e porque estava correndo o risco de perder o emprego, e porque, então, o chefe voltaria a perseguir seus pais com suas antigas exigências. Mas tais preocupações, por enquanto, eram totalmente desnecessárias. Gregor ainda estava aqui e nem sequer pensava em abandonar a família. Naquele instante, ele permanecia deitado sobre o tapete, e ninguém que soubesse de seu estado teria sido capaz de exigir que deixasse entrar o gerente. Mas, por causa dessa pequena descortesia, para a qual, mais tarde, haveria de encontrar uma desculpa adequada, Gregor não haveria de ser despedido imediatamente. E a Gregor pareceu que seria muito mais sensato deixá-lo em paz agora do que incomodá-lo com lamentos e com palavras. Pois o que oprimia os demais, e explicava seu comportamento, era a incerteza.

— *Herr* Samsa — exclamou agora o gerente, erguendo a voz —, o que está acontecendo? O senhor se esconde atrás de uma barricada em seu quarto, responde apenas com "sim" e "não", causa preocupações graves e desnecessárias a seus pais e — diga-se de passagem — está deixando de cumprir com suas obrigações comerciais de uma maneira na verdade nunca vista. Falo em nome de seus pais e em nome de seu chefe e peço-lhe, com toda a seriedade, explicações claras e imediatas. Estou espantado. Espantado. Acreditava conhecer uma pessoa tranquila e razoável, e agora o senhor parece querer de repente começar a exibir humores estranhos. É verdade que hoje cedo o chefe aludiu a uma possível explicação para sua ausência — dizia respeito às cobranças que há pouco tempo lhe foram confiadas —, mas, de fato, eu quase lhe dei minha palavra de honra ao declarar que tal explicação não poderia estar correta. Mas, agora, ao ver sua incompreensível teimosia, perco completamente a vontade de defendê-lo, ainda que minimamente. E seu emprego, decerto, não é o mais seguro. Originalmente, eu tinha a intenção de lhe dizer tudo isso em particular, mas, como o senhor me faz perder meu tempo à toa, não vejo nenhum motivo pelo qual seus pais não devam ficar sabendo de tudo. Seu desempenho, nos últimos tempos, tem sido muito insatisfatório. É verdade que esta época do ano não é para negócios extraordinários, isso nós reconhecemos. Mas não existe nenhuma época do ano para não se fazer negócios, *Herr* Samsa. Não existe nem pode existir.

— Mas, senhor gerente — exclamou Gregor, fora de si e esquecendo-se de tudo em seu nervosismo —, eu vou abrir imediatamente, num instante. Um leve mal-estar, um acesso de tontura impediram-me de me levantar. Ainda estou deitado na cama. Mas agora estou totalmente recuperado. Já vou me levantar da cama. Só um instantinho de paciência!

Ainda não estou me sentindo tão bem quanto eu imaginava. Como essas coisas tomam conta de uma pessoa! Ontem à noite eu ainda estava me sentindo bem, meus pais sabem, ou, melhor dizendo, ontem à noite eu já tinha certa intuição. Acho que dava para ver na minha cara. Por que não avisei na loja? Mas a gente sempre pensa que vai superar a doença sem precisar ficar em casa. Senhor gerente! Preserve meus pais! Não há motivo para todas as acusações que o senhor está fazendo agora. E nunca me disseram nada a esse respeito. Talvez o senhor não tenha visto as últimas encomendas que lhe enviei. Aliás, eu vou partir, ainda agora, com o trem das oito. Essas poucas horas de descanso me fortaleceram. Mas não se detenha, senhor gerente. Logo estarei na loja, e tenha a bondade de avisar isso e de mandar minhas recomendações ao senhor chefe!

E, enquanto Gregor dizia essas palavras, apressadamente, mal sabendo o que estava dizendo, ele se aproximou com facilidade do armário, graças ao treinamento na cama, e tentava colocar-se de pé, apoiando-se. De fato, ele queria abrir a porta; de fato, queria se mostrar e falar com o gerente, e estava ansioso por saber o que os outros, que tanto insistiam, diriam ao vê-lo. Se eles se assustassem, então Gregor não teria mais nenhuma responsabilidade e poderia sossegar. Mas, se eles aceitassem tudo com tranquilidade, tampouco teria motivo para nervosismo e, apressando-se, de fato, poderia estar na estação de trem às oito horas. Então, primeiro, escorregou algumas vezes no armário liso, mas, por fim, deu um último impulso e conseguiu colocar-se em pé. Não dava atenção às dores na parte inferior do corpo, ainda que ardessem. Deixou-se cair sobre o encosto de uma cadeira próxima, enquanto segurava suas bordas com as patinhas. E, com isso, também conseguiu controlar-se e permaneceu mudo, pois assim podia ouvir o gerente.

— Os senhores conseguiram entender alguma palavra? — perguntou o gerente aos pais. — Ele não estará nos fazendo de bobos?

— Pelo amor de Deus — exclamou a mãe, já chorando —, talvez ele esteja gravemente doente, e nós o estamos torturando. Grete! Grete! — gritou ela, então.

— Mãe! — exclamou a irmã, do outro lado.

Elas conversavam uma com a outra através do quarto de Gregor.

— Você precisa imediatamente procurar o médico. Gregor está doente. Depressa! Para o médico! Você ouviu Gregor falando ainda agora?

— Era a voz de um animal — disse o gerente, num tom muito baixo, que chamava a atenção, ante os gritos da mãe.

— Anna! Anna! — exclamou o pai através da antessala, em direção à cozinha, batendo palmas. — Vá imediatamente buscar um chaveiro!

E logo as duas moças corriam pela antessala, com suas saias farfalhantes — como era possível que a irmã tivesse se vestido tão depressa? —, e abriam, impetuosamente, a porta do apartamento. Nem se ouviu a porta batendo. Elas a tinham deixado aberta, como costuma acontecer em moradas nas quais ocorreu uma grande desgraça.

Mas Gregor se acalmara bastante. É verdade que não era mais possível compreender suas palavras, ainda que elas lhe parecessem suficientemente claras, mais claras do que antes, talvez porque seus ouvidos tivessem se acostumado. Mas, ainda assim, todos já achavam que algo não estava bem com ele e estavam dispostos a ajudá-lo. A confiança e a certeza com as quais foram tomadas as primeiras providências lhe fizeram bem. Ele sentia-se, novamente, incluído no círculo dos seres humanos e esperava de ambos, do médico e do chaveiro, sem distinguir claramente um do outro, que fossem capazes de realizações grandiosas e surpreendentes. Para adquirir uma voz tão clara quanto possível para as conversas decisivas que estavam na iminência de acontecer, ele pigarreou um pouco, embora esforçando-se por fazer isso de maneira tão abafada quanto possível, uma vez que, talvez, até mesmo esse ruído soasse diferente de uma tosse humana, algo que ele já não era mais capaz de decidir por si só. Enquanto isso, na sala ao lado, fizera-se silêncio. Talvez seus pais estivessem sentados à mesa com o gerente, sussurrando. Talvez todos estivessem inclinados junto à porta, ouvindo.

Devagar, Gregor empurrou a si mesmo juntamente com a cadeira em direção à porta, soltou-a ali, lançou-se contra a porta, manteve-se ereto apoiado nela — nas extremidades de suas patas, havia uma espécie de substância adesiva — e descansou ali, por um instante, de todos os seus esforços. Mas, então, ele se pôs a girar a chave na fechadura com a boca. Infelizmente, pareceu-lhe que não tinha dentes verdadeiros — como haveria de segurar a chave? —, mas, em compensação, suas mandíbulas eram muito fortes. Com a ajuda delas, de fato, ele conseguiu colocar a chave em movimento, e não reparou que, com isso, sem dúvida, causara ferimentos a si mesmo, pois um líquido marrom lhe saía pela boca, escorria pela chave e pingava no chão.

— Ouçam — disse o gerente na sala ao lado —, ele está girando a chave.

Para Gregor, isso foi um grande estímulo, mas todos deveriam ter exclamado, também o pai e a mãe: "Mais uma vez, Gregor", eles deveriam ter exclamado, "continue, força na chave!". E, imaginando que todos acompanhavam, ansiosamente, seus esforços, ele concentrou todas as forças que era capaz de reunir para morder a chave, sem pensar nas consequências. Conforme a chave girava, ele dançava em torno da fechadura, e agora mantinha-se em pé só pela boca e, conforme a necessidade, dependurava-se na chave ou voltava a puxá-la para baixo, com todo o peso do seu corpo. O som agudo da fechadura abrindo-se literalmente despertou Gregor. Respirando aliviado, ele disse consigo mesmo: "Então eu não precisava de um chaveiro", e logo apoiou a cabeça sobre a maçaneta, para abrir totalmente a porta.

Como, para abrir a porta, ele precisava colocar-se atrás dela — a porta já estava bem aberta —, ainda não era possível vê-lo da sala. Primeiro, era preciso que ele se voltasse vagarosamente em torno daquela folha da porta, e com muito cuidado, se quisesse evitar cair de costas, desajeitado, antes de entrar na sala. Ele ainda estava ocupado com aquele movimento difícil, e não tinha tempo para prestar atenção em mais nada, quando ouviu o gerente soltar um "Oh!" em voz alta — soou como o vento zunindo —, e então viu, também, como ele, que, de todos, era quem estava mais próximo da porta, colocou a mão diante da boca aberta, recuando devagar, como se estivesse sendo impelido por uma força invisível, de ação uniforme. A mãe — apesar da presença do gerente, ela ainda estava com os cabelos soltos, despenteados pela noite e eriçados — primeiro olhou para o pai, com as mãos dobradas uma sobre a outra, em seguida deu dois passos em direção a Gregor e, então, desabou em meio às suas saias, que se espalhavam à sua volta, com o rosto totalmente oculto no próprio peito. Com um olhar hostil, o pai cerrou o punho, como se quisesse empurrar Gregor de volta para o quarto, depois olhou à sua volta, inseguro, na sala, cobriu os olhos com as mãos e chorou tanto a ponto de sacudir convulsivamente seu peito poderoso.

Gregor nem sequer entrou na sala. Em vez disso, apoiou-se na folha da porta que permanecia trancada, de maneira que só a metade de seu corpo era visível, e acima dele a cabeça, inclinada para o lado, com a qual ele olhava para os outros. Enquanto isso, a manhã ficara mais clara. Do outro lado da rua, via-se, claramente, um trecho do edifício em frente, cinzento, escuro, infinito — era um hospital — com suas janelas regulares, que a cada tanto rompiam a fachada com dureza. A chuva continuava a cair, mas só em gotas grandes, visíveis individualmente, e que também, de fato, eram lançadas uma a uma sobre a terra. A louça do café da manhã estava disposta sobre a mesa, em abundância excessiva, pois, para o pai, o café da manhã era a refeição mais importante do dia, que se estendia por horas a fio, enquanto ele lia diversos jornais. Justamente na parede oposta, havia uma fotografia dos tempos de Exército de Gregor, na qual ele aparecia como tenente, com a espada na mão, sorrindo despreocupadamente e exigindo respeito por sua postura e seu uniforme. A porta para a antessala estava aberta e, como a porta do apartamento também estava aberta, viam-se o saguão do prédio e o início da escadaria, que levava para baixo.

— Bem — disse Gregor, ciente de que ele era o único a manter a calma —, vou logo me vestir, pôr o mostruário na pasta e partir. Vocês querem, vocês querem me deixar partir? Agora, senhor gerente, o senhor está vendo que não sou teimoso e que gosto de trabalhar. Viajar é cansativo, mas eu não seria capaz de viver sem trabalhar. Para onde vai o senhor, senhor gerente? Para a loja? Sim? O senhor vai relatar tudo exatamente como viu? Uma pessoa pode estar impedida de trabalhar momentaneamente, mas este é o momento exato para se lembrar dos serviços prestados no passado e para considerar que, mais tarde, depois de afastado o impedimento, ela certamente trabalhará com diligência e com concentração ainda maiores. Devo tanto ao senhor chefe, o senhor sabe disso. Por outro lado, tenho que cuidar de meus pais e de minhas irmãs. Estou numa situação incômoda, mas, por meio do trabalho, isso vai se resolver. Mas não torne as coisas ainda mais difíceis do que elas já são. Defenda-me na loja! Ninguém gosta dos viajantes, eu sei. As pessoas pensam que eles ganham fortunas e que levam uma bela vida. De fato, elas não têm nenhum motivo especial para pensar melhor a respeito desse preconceito. Mas o senhor, senhor gerente, o senhor tem uma visão geral a respeito das coisas que é melhor do que a do restante do pessoal. Sim, digo isso entre nós, tem até mesmo uma visão geral melhor do que a do próprio senhor chefe, que, em sua posição de empresário, facilmente se deixa enganar em seu julgamento, para o prejuízo de um empregado. E o senhor sabe muito bem que o viajante, que durante quase o ano inteiro está longe da loja, muito facilmente pode tornar-se vítima de fofocas, acasos e queixas infundadas, contra as quais lhe é impossível defender-se, uma vez que, na maior parte das vezes, ele nem sequer fica sabendo delas, e só então, quando, exausto, termina uma viagem, sofre, na própria pele, as terríveis consequências, que já não é capaz de compreender. Senhor gerente, não vá embora antes de me dizer uma palavra que me mostre que o senhor me dá pelo menos uma pequena parcela de razão!

Mas, já nas primeiras palavras de Gregor, o gerente tinha se afastado e virado as costas, e só lhe dirigia o olhar, boquiaberto, por sobre os ombros trêmulos, com os lábios revirados. E, enquanto Gregor falava, ele não permaneceu parado por nem um instante sequer, mas deslocou-se em direção à porta, sem tirar os olhos de Gregor, embora o tenha feito aos poucos, como se estivesse em vigor alguma proibição secreta

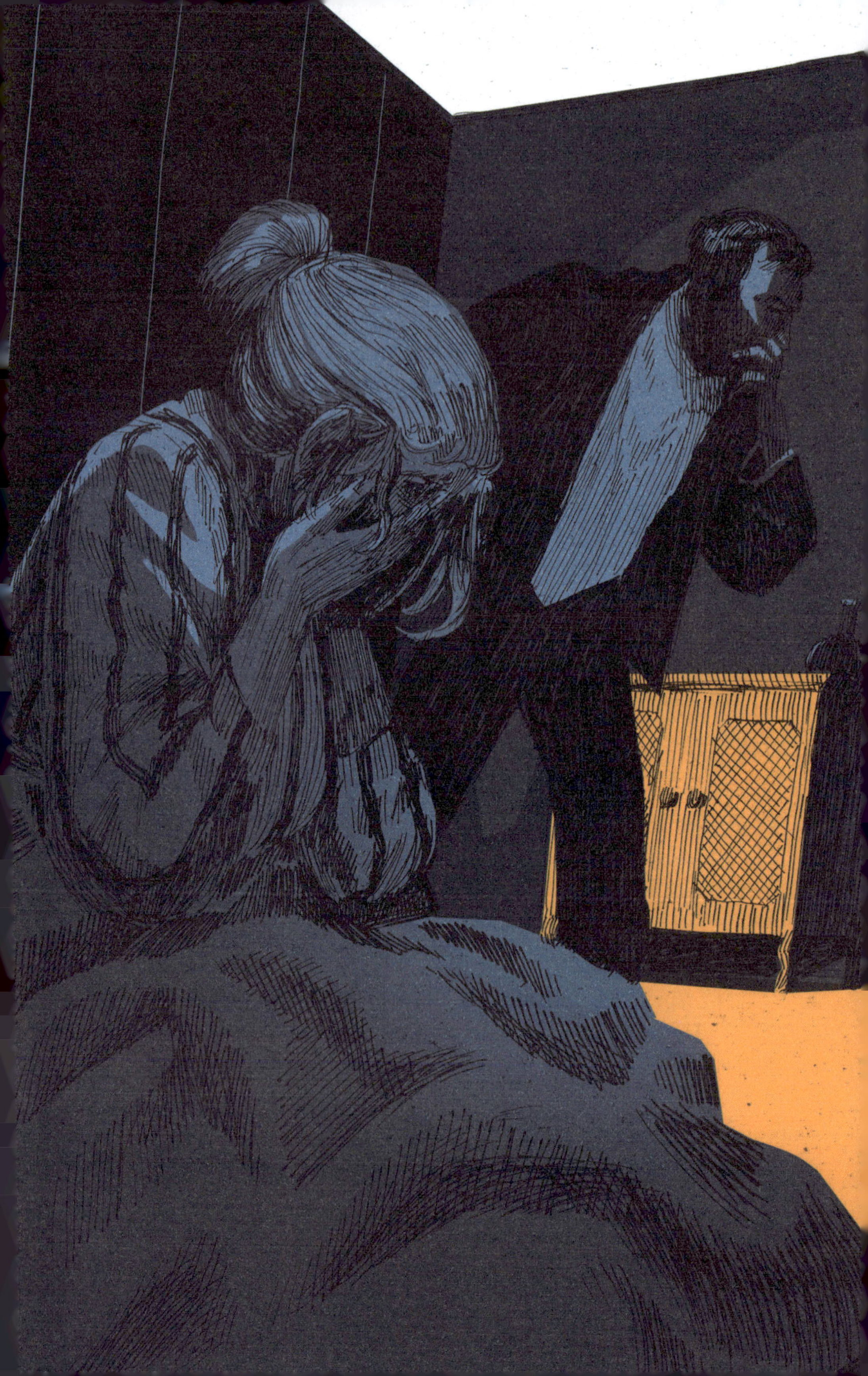

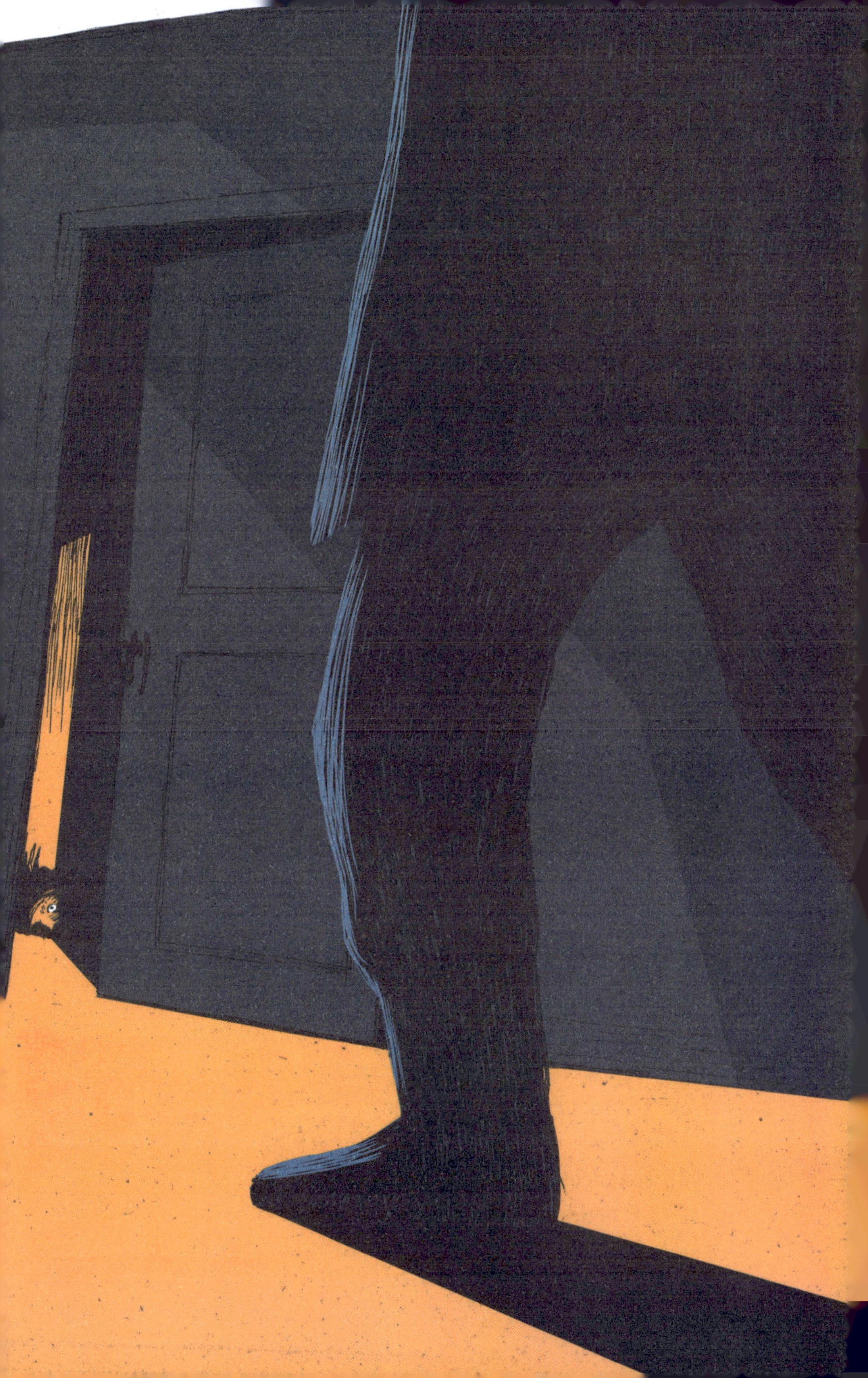

de sair daquela sala. Ele já estava na antessala, e o movimento súbito, por meio do qual ele puxou pela última vez o pé de dentro da sala, deu a impressão de que acabara de queimar a sola do pé. Mas, na antessala, ele estendeu a mão direita em direção à escadaria, como se justamente ali estivesse à sua espera alguma redenção sobrenatural.

Gregor percebeu que não poderia, de maneira nenhuma, deixar que o gerente fosse embora em meio àquele clima, sob o risco de que seu emprego na loja ficasse sujeito a uma ameaça extrema. Os pais não entendiam bem tudo aquilo. Ao longo dos muitos anos, eles tinham se convencido de que Gregor estava garantido por toda a vida com aquele emprego e, além disso, estavam tão ocupados com seus próprios problemas momentâneos que eram incapazes de fazer qualquer tipo de previsão em relação ao futuro. Era preciso segurar o gerente, acalmá-lo, persuadi-lo e, por fim, conquistá-lo. Pois o futuro de Gregor e o de sua família dependiam disso! Se, pelo menos, a irmã estivesse aqui! Ela era esperta: já tinha chorado enquanto Gregor estava tranquilamente deitado de costas. E, decerto, o gerente, esse amigo das senhoras, teria se deixado convencer: ela teria fechado a porta do apartamento e, conversando com ele na antessala, o teria tranquilizado. Mas a irmã, justamente, não estava ali. Gregor precisava agir por si só. E, sem pensar que ele ainda não conhecia suas possibilidades atuais de movimentar-se e também sem pensar que sua fala possivelmente — sim, provavelmente — mais uma vez não fora compreendida, ele abandonou a folha da porta e empurrou-se pela abertura, querendo aproximar-se do gerente, que já estava no saguão, apoiado, de maneira ridícula, com as duas mãos na balaustrada. Mas ele caiu imediatamente sobre suas inúmeras patinhas, enquanto buscava apoio, soltando um gritinho. Mal isso aconteceu e Gregor sentiu, pela primeira vez nesta manhã, um bem-estar físico. Suas patinhas estavam sobre o solo firme e lhe obedeciam perfeitamente, como ele percebeu, alegrando-se, e até mesmo se esforçavam por levá-lo aonde ele quisesse. E ele já acreditava na iminência de uma melhora definitiva de todos os seus males. Mas, no mesmo instante em que se balançava ali, contendo seus movimentos, a pouca distância e bem diante da mãe, no chão, ela, que parecia tão imersa em si mesma, subitamente deu um salto para o alto, com os braços totalmente abertos e com os dedos esticados, gritando:

— Socorro, pelo amor de Deus! — ela mantinha a cabeça inclinada, como se quisesse ver Gregor melhor, mas, em contradição a esse gesto, recuou, desastradamente: tinha esquecido que, atrás dela, estava a mesa posta e, ao alcançá-la, sentou-se sobre ela, às pressas, como se estivesse confusa, e nem sequer parecia perceber que, ao seu lado, do grande bule derrubado o café jorrava sobre o tapete.

— Mãe, mãe — disse Gregor, baixinho, olhando para ela, lá no alto.

Por um instante, ele esquecera completamente o gerente. Por outro lado, vendo o café que escorria, ele não tinha como deixar de tentar abocanhar o vazio com as mandíbulas. Diante disso, a mãe voltou a gritar, fugiu da mesa e caiu nos braços do pai, que corria em sua direção. Mas Gregor, agora, não tinha tempo para os pais. O gerente já estava na escada e, com o queixo à altura do corrimão, olhou para trás, uma última vez. Gregor tomou impulso para tentar alcançá-lo. O gerente decerto percebeu algo, pois saltou de uma vez sobre vários degraus, desaparecendo.

— Huh! — gritou ele, ainda, e então seu grito ecoou por toda a escadaria.

Infelizmente, ao que parece, essa fuga do gerente deixou o pai, que até então estivera relativamente contido, totalmente confuso, pois, em vez de correr atrás dele ou de, ao menos, abster-se de impedir Gregor de persegui-lo, ele apanhou com a mão direita a bengala do gerente, que este deixara sobre uma cadeira, junto com seu chapéu e seu casaco, e com a esquerda, um grande jornal, que estava sobre a mesa, e, batendo os pés, pôs-se a tocar Gregor de volta para seu quarto, agitando a bengala e o jornal. As súplicas de Gregor não tiveram nenhum efeito e tampouco eram compreendidas. Ainda que ele virasse a cabeça, com toda a humildade, o pai batia os pés cada vez com mais força. Do outro lado, apesar do tempo frio, a mãe escancarara uma janela e, debruçada, apertava o rosto com as mãos, esticando-se para a frente. Uma forte corrente de ar criou-se entre a ruazinha e a escadaria. As cortinas esvoaçaram, os jornais sobre a mesa farfalharam, e algumas folhas flutuaram no ar, acima do assoalho. Implacável, o pai atacava, guinchando como um selvagem. Mas Gregor ainda não tinha nenhuma prática em andar de costas e recuava muito lentamente. Se Gregor pelo menos tivesse a possibilidade de se virar, logo estaria em seu quarto. Mas temia que a demora, ao virar-se, deixasse seu pai impaciente e, a cada instante, o golpe fatal, nas costas ou na cabeça, com a bengala na mão do pai, o ameaçava. Mas, por fim, não houve escolha para Gregor, pois, apavorado, ele percebeu que, andando de costas, nem sequer era capaz de manter a direção e, assim, olhando, ininterruptamente, pelos lados, para o pai, e muito temeroso, começou a se virar o mais rápido possível, isto é, na verdade, só muito devagar. Talvez o pai tenha percebido sua boa vontade, pois não o incomodou e até mesmo conduzia, a cada tanto, aquele movimento giratório, de longe, com a ponta da bengala. Se não fosse por aqueles guinchos insuportáveis do pai! Aquilo fazia Gregor perder a cabeça. Ele já se voltara quase completamente quando, por estar ouvindo sempre aqueles guinchos, se confundiu e voltou a desvirar-se um pouco. Mas quando, por fim, já estava com a cabeça diante da abertura da porta, ficou claro que seu corpo era largo demais para passar pela porta sem maiores dificuldades. Era evidente que ao pai, em seu estado de espírito atual, nem sequer ocorreu abrir a outra folha da porta para, assim, proporcionar a Gregor uma passagem adequada. Sua ideia fixa era, apenas, que Gregor precisava voltar para dentro de seu quarto, o quanto antes. E jamais lhe teria permitido tempo para os demorados preparativos de que Gregor necessitava para se colocar em pé e, talvez, dessa forma, passar pela porta. Em vez disso, como se não houvesse nenhum obstáculo, agora ele tocava Gregor adiante, em meio a um barulho especialmente forte. O que Gregor ouvia atrás de si já não soava como a voz de um único pai, agora ele não estava mais para brincadeiras, e Gregor lançou-se em direção à porta — fosse como fosse. Um dos lados de seu corpo se ergueu, e agora ele estava atravessado na diagonal, acima do umbral da porta, com um dos seus flancos raspando. Agora, estava ferido e, na porta branca, surgiram manchas feias. E logo estava entalado, e era incapaz de se mover sozinho. As patinhas de um dos lados estavam soltas no ar, tremulando, enquanto as do outro pressionavam o assoalho dolorosamente — e então, por detrás, o pai lhe deu um golpe forte, agora verdadeiramente redentor, e ele voou, sangrando copiosamente, para longe, para dentro de seu quarto. A porta ainda foi fechada com a bengala e então, finalmente, fez-se silêncio.

II

Só ao entardecer Gregor despertou de seu sono pesado, como um desmaio. Certamente, ele não teria tardado ainda mais a despertar, mesmo que não tivesse sido perturbado, pois se sentia bastante descansado e saciado de sono. Mas pareceu-lhe que passos fugidios e alguém fechando, cuidadosamente, a porta que dava para a antessala o tinham despertado. O brilho das lâmpadas elétricas das ruas repousava, aqui e ali, no teto do quarto e na parte superior dos móveis, mas embaixo, junto a Gregor, tudo permanecia escuro. Aos poucos, ele foi se arrastando, tateando, desajeitado, com suas antenas, que só agora ele aprendia a valorizar, em direção à porta, para ver o que se passara ali. Seu lado esquerdo parecia uma única cicatriz, comprida, que repuxava de maneira desagradável, e ele era obrigado a mancar sobre suas duas fileiras de patinhas. Uma delas, aliás, tinha sido ferida com gravidade durante os incidentes da manhã — era quase um milagre que só uma patinha tivesse sido ferida — e arrastava-se, sem vida, atrás das demais.

Só junto à porta ele percebeu o que o atraíra até ali: o cheiro de algo comestível. Pois ali encontrava-se uma tigela com leite doce, no qual flutuavam pequenas fatias de pão branco. Ele quase riu de satisfação, pois estava ainda mais faminto do que pela manhã, e logo mergulhou a cabeça no leite, quase cobrindo seus olhos. Mas logo ele a puxou de volta, decepcionado. Não só as dificuldades que tinha com seu lado esquerdo o atrapalhavam ao comer — pois ele só era capaz de comer se seu corpo inteiro colaborasse, sugando impetuosamente —, como também o leite, que antes era sua bebida predileta, motivo pelo qual decerto a irmã o colocara ali, não lhe agradava. Sim, ele se afastou quase com nojo da tigela e arrastou-se de volta para o centro do quarto.

Na sala, conforme Gregor podia ver através da fresta da porta, o gás estava aceso, mas enquanto, àquela hora, o pai costumava ler em voz alta seu jornal que era publicado à tarde, para a mãe e às vezes também para a irmã, agora não se ouvia nenhum ruído. Talvez aquele hábito da leitura em voz alta, sobre o qual a irmã sempre lhe contava e escrevia, tivesse caído em desuso nos últimos tempos? Mas também, em toda a volta, fazia-se silêncio, ainda que, certamente, o apartamento não estivesse vazio.

— Mas que vida silenciosa leva esta família — disse Gregor enquanto olhava, paralisado, para a escuridão na sua frente, e sentia um grande orgulho por ter sido capaz de proporcionar aos pais e à irmã uma vida como aquela, num apartamento tão bonito. Mas o que seria agora se todo o sossego, todo o bem-estar, toda a felicidade terminassem em meio a pavores? Para não se perder em pensamentos como esse, Gregor preferiu se mexer, rastejando de lá para cá pelo quarto.

Uma vez, durante aquele longo entardecer, uma das portas laterais foi aberta, e depois a outra, deixando uma pequena fresta, porém rapidamente voltando a ser fechadas. Decerto alguém queria entrar, mas tinha receio demais de fazê-lo. Gregor parou, junto à porta, decidido a trazer para dentro, de alguma maneira, o visitante receoso ou, pelo menos, para descobrir quem era. Mas agora a porta não voltou a ser aberta e ele esperou em vão. Antes, quando as portas estavam trancadas, todos queriam entrar para vê-lo. Agora que ele tinha aberto uma das portas e as outras, evidentemente, também tinham sido abertas durante o dia, ninguém mais vinha e, além disso, as chaves estavam enfiadas pelo lado de fora.

Só tarde da noite a luz na sala foi apagada, e por isso foi fácil saber que os pais e a irmã tinham permanecido acordados por muito tempo, pois era possível ouvir com nitidez os três se afastando na ponta dos pés. Agora, decerto, ninguém entraria no quarto dele antes do amanhecer. Portanto, ele tinha muito tempo para pensar, sem ser incomodado, em como haveria de reorganizar sua vida. Mas o quarto alto e vazio, no qual era obrigado a permanecer deitado de bruços no chão, o atemorizava, sem que ele fosse capaz de descobrir por que, pois aquele era seu quarto, no qual habitava havia cinco anos — e com um gesto meio inconsciente, e não sem certa vergonha, correu para debaixo do sofá onde, embora suas costas ficassem um pouco pressionadas e ele não fosse mais capaz de erguer a cabeça, logo se sentiu muito confortável, só lamentando que seu corpo fosse largo demais para acomodar-se completamente debaixo do sofá.

Ali permaneceu a noite inteira, em parte mergulhado num sono leve, do qual voltava sempre a ser despertado pela fome, e em parte absorto por preocupações e por esperanças pouco claras que o levavam à conclusão de que, por enquanto, cabia-lhe portar-se com tranquilidade e, por meio da paciência e do maior cuidado possível com a família, tornar suportáveis as inconveniências que agora ele se via obrigado a causar em seu estado atual.

De madrugada, ainda era quase noite, Gregor teve a oportunidade de pôr à prova a força das decisões que acabara de tomar, pois, vindo da antessala, sua irmã, já quase totalmente vestida, abriu a porta, olhando, curiosa, para dentro. Ela não viu o irmão de imediato, mas, quando o percebeu, debaixo do sofá — Deus, ele há de estar em algum lugar, não é possível que tenha saído voando —, ela se assustou tanto que, sem conseguir se controlar, voltou a bater a porta, pelo lado de fora. Mas, como se tivesse se arrependido de seu comportamento, ela voltou a abrir a porta e entrou, na ponta dos pés — como faria no quarto de um doente grave ou mesmo de um estranho. Gregor empurrara a cabeça até perto da borda do sofá e a observava. Será que ela perceberia que ele tinha deixado o leite, e que não o fizera, de maneira nenhuma, por falta de fome? Será que ela traria algum outro alimento, que lhe fosse mais adequado? Se ela não o fizesse, ele preferiria morrer de fome a chamar a atenção dela, embora sentisse um forte impulso de sair correndo de sob o sofá, de lançar-se aos pés da irmã e de suplicar-lhe por algo de bom para comer. Mas a irmã imediatamente percebeu, admirada, a tigela ainda cheia, da qual só um pouco de leite tinha sido derramado em torno das bordas, e logo a ergueu, mas não o fez com as mãos nuas, e sim cobertas por um trapo, levando-a para fora. Gregor estava curiosíssimo por saber o que ela traria em substituição e, pensando nisso, teve as mais diferentes ideias. Mas ele jamais teria sido capaz de adivinhar o que a irmã, em sua bondade, realmente fez. Para testar o gosto dele, ela trouxe uma variedade de coisas, tudo espalhado sobre um jornal velho. Ali estavam verduras velhas, meio podres, ossos do jantar cercados por um molho branco endurecido, algumas uvas-passas e amêndoas, um queijo que dois dias antes Gregor declarara estar estragado, um pão seco, um pão com manteiga sem sal e outro com manteiga salgada. E, além de tudo isso, ela trouxe a tigela, agora aparentemente destinada a Gregor em caráter definitivo, na qual pusera água. E, por delicadeza, já que sabia que Gregor não comeria nada na frente dela, afastou-se, apressadíssima, e até trancou a porta, para que ele percebesse que poderia ficar à vontade para fazer o que desejasse. As patinhas de Gregor zuniram, agora que era chegada a hora de comer. Aliás, suas feridas já deviam estar totalmente curadas, pois ele já não sentia nenhum tipo de impedimento. Admirou-se com isso e pensou que, havia mais de um mês, ele apenas cortara um pouquinho o dedo, com uma faca, e que, ainda anteontem, aquela ferida lhe doía bastante. "Será que agora eu tenho menos sensibilidade?", pensou ele, e já sugava, ávido, o queijo, que o atraíra intensa e imediatamente, mais do que qualquer outro dos alimentos. Rapidamente, e com olhos que lacrimejavam de satisfação, comeu o queijo, as verduras e o molho. Mas os alimentos frescos não lhe agradavam, ele nem sequer era capaz de suportar seu cheiro e até afastou um pouco deles as coisas que queria comer. Havia tempo que já tinha terminado tudo e agora permanecia, preguiçosamente, no mesmo lugar, quando a irmã, dando um sinal de que ele deveria recolher-se, girou vagarosamente a chave. Aquilo logo o assustou, ainda que já estivesse quase dormindo, e ele correu de volta para debaixo do sofá. Mas exigiu-lhe muito esforço permanecer debaixo do sofá durante o breve intervalo de tempo no qual a irmã ficou no quarto, pois, por causa da comida abundante, seu corpo se estufara um pouco e, naquele espaço exíguo, ele mal era capaz de respirar. Em meio a pequenos ataques de sufocamento, ele observou, com os olhos um tanto saltados, como sua irmã varreu não só os restos, mas também os alimentos que nem sequer tinham sido tocados por Gregor, como se agora aqueles também tivessem se tornado inúteis, e como ela jogou tudo numa lata, apressadamente, fechando-a com uma tampa de madeira e, em seguida, levando tudo para fora. Mal ela tinha se voltado e Gregor saiu de sob o sofá, esticando-se e estufando-se.

Dessa forma, todos os dias, Gregor recebia sua comida, uma vez pela manhã, enquanto os pais e a empregada ainda estavam dormindo, e pela segunda vez depois do almoço, pois então os pais também dormiam mais um pouco, e a empregada era despachada pela irmã para resolver algum assunto fora. Certamente os pais também não queriam que Gregor morresse de fome, mas talvez não suportassem saber sobre a comida dele mais do que ouviam dizer. Talvez, também, a irmã apenas quisesse poupá-los de mais uma pequena tristeza, pois, de fato, eles já sofriam o bastante.

Gregor não ficou sabendo com que desculpas o médico e o chaveiro tinham sido levados para fora do apartamento naquela primeira manhã, pois, como não o compreendiam, ninguém, nem mesmo a irmã, pensava que ele fosse capaz de compreender os outros. E assim, quando a irmã estava em seu quarto, ele tinha que se dar por satisfeito em ouvir, a cada tanto, os suspiros e as invocações de santos dela. Só mais tarde, depois que ela tinha se acostumado um pouco com tudo — de uma adaptação completa evidentemente nunca se poderia falar —, Gregor, às vezes, apanhava no ar alguma observação que se pretendia amigável, ou que pudesse ser entendida como tal.

— Hoje ele gostou da comida — dizia ela, quando Gregor se servia bem, enquanto, no caso contrário, que com o passar do tempo se repetia cada vez com mais frequência, ela costumava dizer, num tom quase triste:

— Outra vez deixou tudo.

Mas, enquanto Gregor não ficava sabendo, diretamente, de nenhuma novidade, às vezes ele ouvia algo da sala ao lado e, sempre que ouvia vozes, logo corria para junto da porta correspondente, pressionando-a com todo o peso do seu corpo. Principalmente nos primeiros tempos, não havia nenhuma conversa que não tratasse, de alguma forma, dele, ainda que só em segredo. Durante dois dias, em todas as refeições, ouviam-se discussões sobre como deveriam se portar agora. Mas também entre as refeições falava-se sobre o mesmo tema, pois sempre havia pelo menos dois membros da família em casa, já que ninguém queria ficar sozinho com Gregor e também não se podia, de maneira nenhuma, abandonar completamente o apartamento. E também, logo no primeiro dia, a empregada — não estava bem claro o que e o quanto ela sabia sobre o incidente — suplicara, de joelhos, à mãe que a despedisse imediatamente, e quando, passado um quarto de hora, ela partiu, agradecendo por ter sido despedida, em meio a lágrimas, como se aquilo fosse a maior boa ação que jamais lhe tivesse sido feita, e sem que alguém lhe tivesse pedido por isto, fez um juramento terrível, dizendo que nunca revelaria nada daquilo a ninguém.

Agora, a irmã era obrigada a cozinhar, junto com a mãe, mas aquilo não lhes custava muito esforço, pois na casa não se comia quase nada. Gregor voltava sempre a ouvir como um exortava, em vão, o outro a comer, recebendo como única resposta:

— Obrigado, já estou satisfeito — ou algo parecido.

Talvez, também, não se bebesse nada. Com frequência, a irmã perguntava ao pai se ele queria uma cerveja, oferecendo-se, cordialmente, para buscá-la, e, quando o pai se calava, ela dizia, para livrá-lo de qualquer suspeita, que também poderia pedir à zeladora que fosse buscá-la. Mas, por fim, o pai dizia um grande "não" e não se voltava a falar daquele assunto.

Ainda durante o primeiro dia, o pai apresentou à mãe e também à irmã toda a situação financeira da família e todas as suas perspectivas. A cada tanto, ele se levantava da mesa e apanhava em seu pequeno cofre da marca Wertheim, que ele salvara da falência do seu comércio, ocorrida cinco anos antes, algum comprovante ou caderninho de anotações. Ouvia-se como ele abria a tranca complicada e, tendo retirado o que procurava, voltava a cerrá-la. Aquelas explicações do pai foram, em parte, a primeira coisa satisfatória que Gregor ouvira desde que tivera início seu cativeiro. Ele achava que não sobrara um mínimo resto de todo aquele comércio, pelo menos o pai nunca tinha lhe dito nada sobre isso, e Gregor, por sua vez, também nunca lhe perguntara. A única preocupação de Gregor, àquela época, fora fazer de tudo para que a família pudesse esquecer o quanto antes o desastre financeiro, que levara todos ao completo desespero. E, assim, ele começara a trabalhar, com um ardor muito especial e, praticamente de um dia para o outro, tornara-se, de um pequeno auxiliar de escritório, um representante comercial viajante, que evidentemente tinha outras possibilidades de ganhar dinheiro, e cujos êxitos comerciais logo se transformaram na provisão de dinheiro vivo que podia ser colocada sobre a mesa, em casa, ante a família atônita e satisfeita. Aquele tinha sido um belo tempo, que nunca voltara a repetir-se, pelo menos não com o mesmo brilho, ainda que, mais tarde, Gregor ganhasse tanto dinheiro que era capaz de fazer frente às despesas de toda a família, o que também fez. Todos tinham se acostumado àquilo, tanto a família quanto Gregor. O dinheiro era recebido com gratidão, e ele o entregava com prazer, mas nunca mais aquela atmosfera especialmente calorosa voltou a surgir. Só a irmã permanecera próxima a Gregor, e ele tinha um plano secreto de enviá-la, no ano seguinte, ao conservatório, sem levar em consideração os custos elevados que isso implicava, e com os quais encontraria uma maneira de arcar, pois, ao contrário de Gregor, ela gostava muito de música e sabia tocar violino de maneira comovente.

Frequentemente, durante os breves períodos de permanência de Gregor na cidade, o conservatório era mencionado nas conversas com a irmã, mas sempre apenas como um belo sonho, em cuja realização não se pensava, e os pais nem sequer gostavam de ouvir essas menções inocentes. Mas Gregor pensava seriamente naquilo e pretendia declarar seu plano solenemente, na noite de Natal.

Pensamentos como aquele, totalmente inúteis diante de sua situação atual, lhe passavam pela cabeça enquanto ele permanecia ereto, colado à porta, ouvindo. Às vezes, por causa do cansaço generalizado, ele era incapaz de continuar ouvindo e, distraidamente, deixava a cabeça bater contra a porta, voltando de imediato a segurá-la, pois até mesmo o pequeno ruído que ele provocava assim teria sido ouvido do outro lado e feito todos emudecerem.

— O que será que ele está fazendo desta vez? — dizia o pai, passado algum tempo, evidentemente voltando-se para a porta, e só então, aos poucos, a conversa interrompida era outra vez retomada.

Para Gregor, agora, tornara-se bastante claro — pois o pai costumava repetir-se em suas explicações, em parte porque havia tempo que ele não se ocupava com esses assuntos, e em parte porque a mãe não compreendia tudo da primeira vez — que, apesar do desastre, ainda sobrara um pequeno patrimônio dos velhos tempos, que crescera um pouco, entrementes, por causa dos juros, e no qual ninguém tocara. Mas, além disso, o dinheiro que todos os meses Gregor trazia para casa — ele mesmo só guardara para si uns poucos *gulden*[2] — não era gasto em sua totalidade e

---

[2] Moeda corrente da Áustria no começo do século XX.

se acumulara, formando um pequeno capital. Gregor, atrás de sua porta, balançava a cabeça, animadamente, satisfeito com esse cuidado e com essa economia inesperados. Na verdade, esse excedente de dinheiro poderia ter sido abatido da dívida que o pai tinha com o chefe, e o dia em que ele poderia deixar aquele emprego teria ficado muito mais próximo, mas agora, sem dúvida, as coisas estavam melhores assim, da maneira como o pai determinara.

Mas aquele dinheiro, de maneira nenhuma, era suficiente para que todos pudessem viver dos juros. Talvez bastasse para sustentar a família por um ou no máximo dois anos, não mais. Portanto, tratava-se de uma soma que não poderia ser tocada e que precisaria ser reservada para algum caso de necessidade, enquanto o dinheiro para viver teria que ser ganho. O pai era um homem saudável, porém velho, que já havia cinco anos não trabalhava mais e que não podia ousar muita coisa. Ao longo desses cinco anos, que tinham sido as primeiras férias de uma vida cheia de esforços e, ainda assim, malsucedida, ele engordara bastante e, com isso, tornara-se realmente lerdo. E a velha mãe, que sofria de asma, e para quem andar pelo apartamento já era um esforço, e que, dia sim, dia não, sofria de falta de ar e passava o dia todo deitada no sofá, diante da janela aberta, haveria ela de ganhar dinheiro? E a irmã, que, com seus 17 anos, ainda era uma criança, e cuja forma de vida, que consistia em vestir-se bem, dormir muito, ajudar com os trabalhos domésticos, participar de algumas diversões modestas e, sobretudo, tocar violino, ele, até ali, sustentara, haveria ela de ganhar dinheiro?

Quando a conversa chegava ao tema da necessidade de ganhar dinheiro, Gregor se soltava da porta e se atirava sobre o frescor do sofá de couro, que ficava junto à porta, pois ardia de vergonha e de tristeza.

Frequentemente, ele passava a noite toda deitado, sem dormir nem um instante sequer, apenas esfregando as patas no couro, por horas a fio. Ou não se furtava ao grande esforço de empurrar uma cadeira para junto da janela, arrastando-se, então, até o parapeito, para encostar-se no peitoril, apoiado na cadeira, evidentemente lembrando-se da liberdade de que antes desfrutara ao olhar pela janela. Pois, de fato, a cada dia que passava, até mesmo coisas que se encontravam à pouca distância dali já se tornavam cada vez menos nítidas: não lhe era mais possível ver o hospital, do outro lado da rua, cuja vista, excessivamente frequente, antes ele amaldiçoara; e, se ele não soubesse exatamente que morava na Charlottenstrasse, uma rua silenciosa, mas no meio da cidade, teria sido capaz de acreditar que, de sua janela, avistava-se um deserto, no qual o céu cinzento e a terra cinzenta se confundiam. Bastou que sua atenta irmã visse, por duas vezes, que a cadeira se encontrava junto à janela para, a cada vez que arrumava o quarto, passar a empurrá-la de volta para aquele mesmo lugar, deixando, além disso, aberta uma das suas folhas internas.

Se ao menos Gregor fosse capaz de falar e de agradecer à irmã por tudo o que ela era obrigada a fazer por ele, teria sido mais fácil suportar o fato de que ela, agora, lhe prestava serviços. Mas, da maneira como estavam as coisas, ele sofria. A irmã também tentava, na medida do possível, disfarçar o incômodo de toda aquela situação e, quanto mais o tempo passava, mais, naturalmente, ela era capaz de fazê-lo. Porém, com o decorrer do tempo, Gregor também passou a ver tudo de maneira muito mais clara. A simples entrada dela no quarto já o apavorava. Mal tendo entrado, e antes mesmo de ter tempo de fechar a porta, ainda que ela costumasse tomar muito cuidado em poupar a todos a visão do quarto de Gregor, corria em direção à janela e a escancarava, com mãos apressadas, como se estivesse sufocando, e, ainda que estivesse fazendo muito frio, permanecia por um instante junto à janela, respirando fundo. Com essas carreiras e esse barulho, ela assustava Gregor duas vezes por dia: durante o tempo todo, ele permanecia sob o sofá, tremendo, embora soubesse bem que ela decerto o teria poupado disso, se apenas lhe fosse possível permanecer no quarto onde estava Gregor com a janela fechada.

Certa vez — já se passara um mês desde a metamorfose de Gregor, e para a irmã a aparência dele já não era um motivo especial de espanto —, ela veio um pouco mais cedo do que de costume e ainda o encontrou imóvel, ereto, de maneira especialmente assustadora, olhando pela janela. Não haveria nada de inesperado para Gregor se ela deixasse de entrar, pois, em sua posição, ele a impedia de abrir a janela. Mas ela não só não entrou, como também recuou e bateu a porta. Um estranho teria sido capaz de pensar que Gregor a estava espreitando e que queria mordê-la. Evidentemente, Gregor logo foi se esconder debaixo do sofá, mas teve que esperar até a hora do almoço pela volta da irmã, que parecia muito mais inquieta do que de costume. Aquilo o levou a reconhecer que a visão dele continuava a ser insuportável para ela, e que haveria de permanecer insuportável, e que ela teria que se esforçar muito para não fugir diante da vista de até mesmo uma pequena parte do seu corpo, que se esgueirava sob o sofá. Para poupá-la até mesmo daquela visão, certa vez ele carregou sobre as costas — aquilo lhe tomou quatro horas de trabalho — o lençol, estendendo-o sobre o sofá e arrumando-o de tal maneira que, agora, ele permanecia totalmente coberto, e a irmã, ainda que se abaixasse, não o veria. Se ela achasse que aquele lençol era desnecessário, poderia retirá-lo, pois era bastante evidente que não poderia ser para o prazer de Gregor que ele se escondia daquela forma. Mas ela deixou o lençol como estava, e Gregor imaginou até mesmo ter surpreendido um olhar de gratidão ao empurrar ligeiramente, com cuidado, o lençol com a cabeça, para ver como a irmã recebia a nova disposição.

Durante os primeiros quinze dias, os pais não tinham sido capazes de entrar no quarto dele, e muitas vezes Gregor ouvia como eles reconheciam muito o atual trabalho da irmã, ao passo que, até então, tinham se aborrecido muitas vezes com ela, pois lhes parecia uma menina um tanto inútil. Agora, porém, ambos, o pai e a mãe, costumavam esperar diante do quarto de Gregor enquanto a irmã o arrumava e, mal ela saía de lá, devia contar exatamente como estavam as coisas no quarto, o que Gregor comera, como ele se comportara dessa vez e se, talvez, houvera alguma pequena melhoria. A mãe, aliás, logo quis visitar Gregor, mas o pai e a irmã a dissuadiram, primeiro apelando com argumentos racionais, os quais Gregor ouvia com muita atenção e que ele considerava totalmente válidos. Mais tarde, porém, foi preciso segurá-la com violência, quando, então, ela gritou:

— Deixem-me ir para junto de Gregor, ele é meu pobre filho! Será que vocês não entendem que eu preciso ir para junto dele?

Gregor pensou que talvez fosse bom se a mãe dele entrasse, não todos os dias, naturalmente, mas talvez uma vez por semana, pois ela compreendia tudo muito melhor do que a irmã, que, apesar de toda a coragem, era apenas uma criança e, afinal, talvez só assumira aquela tarefa tão difícil por sua leviandade infantil.

O desejo de Gregor de ver a mãe logo se realizou. Durante o dia, em consideração aos pais, Gregor não queria ser visto na janela. E rastejar também não podia muito, pelos poucos metros quadrados do assoalho. Já durante a noite, era-lhe difícil suportar ter que passar tanto tempo deitado, imóvel. Logo, a comida já não lhe proporcionava o menor prazer, e assim, para distrair-se, ele se habituou a rastejar pelas paredes e pelo teto. Gostava, especialmente, de ficar dependurado no teto. Aquilo era totalmente diferente de ficar deitado no assoalho. Ali respirava-se com mais liberdade, um leve balanço tomava o corpo e, em meio à distração quase alegre em que Gregor se encontrava lá em cima, até podia acontecer que, para sua própria surpresa, ele se soltasse, estalando no chão. Mas agora, naturalmente, ele controlava seu corpo de maneira bem diferente de antes e nem mesmo com uma queda tão grande quanto aquela se feria. A irmã logo percebeu o novo passatempo que Gregor inventara para si mesmo — pois, ao rastejar, ele deixava, aqui e ali, rastros de sua substância adesiva — e então ela pôs na cabeça que daria a Gregor a possibilidade de rastejar com toda a liberdade e que tiraria do quarto os móveis que o impediam de fazê-lo, isto é, antes de qualquer outra coisa, o armário e a escrivaninha. Mas ela não era capaz de fazer isso sozinha. Não ousava pedir ajuda ao pai, a empregada certamente não a teria ajudado, pois a moça de cerca de dezesseis anos de idade de fato permanecia em seu posto, corajosamente, desde a demissão da antiga cozinheira, mas pedira permissão para manter a cozinha trancada o tempo todo, apenas tendo que abrir a porta quando especialmente convocada. E assim não restou à irmã escolha senão chamar a mãe, certa vez, quando o pai estava ausente. Com exclamações de alegria e de excitação, a mãe se aproximou, mas emudeceu junto à porta do quarto de Gregor. Primeiro, evidentemente, a irmã verificou se tudo estava em ordem no quarto e só então permitiu à mãe que entrasse. Com muita pressa, Gregor puxara o lençol ainda mais para baixo, fazendo nele mais dobras, e aquilo tudo, de fato, parecia um lençol casualmente jogado sobre o sofá. Desta vez, Gregor também se absteve de espionar por debaixo do lençol. Ele renunciou a ver a mãe já daquela vez e estava contente simplesmente por ela ter vindo.

— Venha, não se pode vê-lo — disse a irmã, e, de fato, ela conduziu a mãe pela mão. Agora, Gregor ouvia as duas mulheres fracas empurrando o armário, que, afinal, era velho e pesado, do seu lugar, e a irmã sempre insistia em fazer a maior parte do trabalho, sem ouvir as advertências da mãe, que temia que ela se excedesse em seus esforços. Aquilo demorou muito. Depois de um quarto de hora de trabalho, a mãe disse que seria melhor deixar o armário ali, pois, em primeiro lugar, era pesado, elas não terminariam antes da chegada do pai e, com o armário no meio do quarto, impediriam qualquer deslocamento de Gregor. E, em segundo lugar, nem sabiam ao certo se, de fato, estariam fazendo um favor a Gregor ao afastarem os móveis. Parecia-lhe que, nesse caso, era o contrário. Avistar a parede nua oprimia-lhe o coração e por que Gregor também não haveria de ter essa mesma sensação, já que ele há muito tempo estava habituado aos móveis do quarto e, por isso, talvez se sentisse abandonado no quarto vazio?

— E também não é assim que... — concluiu a mãe, bem baixinho, aliás, ela quase sussurrava, como se quisesse evitar que Gregor, cujo lugar de permanência ela não conhecia, nem sequer ouvisse o tom de sua voz, pois ela estava convencida de que ele não entendia as palavras — e não é assim que, ao retirar os móveis, estaríamos mostrando que perdemos todas as esperanças de melhora e que o deixamos entregue a si mesmo, sem nenhum escrúpulo? Acho que o melhor seria tentarmos deixar o quarto no mesmo estado em que estava, para que, quando Gregor voltar a nós, encontre tudo inalterado e assim possa esquecer com mais facilidade este tempo intermediário.

Ao ouvir essas palavras da mãe, Gregor reconheceu que a ausência de qualquer tipo de contato humano imediato, em função da vida monótona que levava em meio à família, devia ter perturbado seu entendimento ao longo desses dois meses, pois não havia outra maneira de explicar o fato de que pudesse ter desejado seriamente que seu quarto fosse esvaziado. Será que ele tinha mesmo vontade de transformar aquele quarto quentinho, confortavelmente mobiliado com peças herdadas, numa caverna na qual, sem dúvida, poderia rastejar em todas as direções sem ser incomodado, mas também estaria em meio a um rápido e simultâneo esquecimento de seu passado humano? Pois agora ele já estava a ponto de esquecer, e a voz da mãe, que ele não ouvia por tanto tempo, o despertava. Nada haveria de ser tirado. Tudo tinha que permanecer. Ele não podia renunciar às boas influências dos móveis sobre seu estado de espírito, e, se os móveis o impediam de rastejar de um lado para o outro, sem sentido, não havia naquilo nenhum mal, e sim uma grande vantagem.

Mas, infelizmente, a irmã tinha outra opinião. Ela se habituara, ainda que não sem razão, a se portar diante dos pais como uma grande entendedora quando se tratava de assuntos relativos a Gregor, e assim, agora, também, a sugestão da mãe fora, para a irmã, motivo suficiente para insistir na remoção não só do armário e da escrivaninha, nos quais ela pensara de início, mas também na retirada de todos os móveis, exceto o indispensável sofá. Naturalmente, não eram apenas a teimosia infantil e a autoconfiança adquirida nos últimos tempos, em meio a tantas dificuldades e de maneira tão inesperada, que a levavam a fazer tal exigência: ela, de fato, também observara que Gregor precisava de muito espaço para rastejar e que, além disso, tanto quanto era possível ver, ele não usava os móveis para nada. Mas talvez o entusiasmo típico das meninas da sua idade, que buscam satisfação em todas as oportunidades, e por meio do qual agora Grete se deixava seduzir a querer tornar a situação de Gregor ainda mais terrível do que era, para, então, poder fazer por ele ainda mais do que fazia agora, também tivesse alguma influência. Pois, num aposento no qual Gregor, sozinho, era senhor sobre todas as paredes, nenhum ser humano, exceto Grete, jamais ousaria entrar.

E, assim, ela não deixou que a mãe, que parecia insegura e tão inquieta naquele quarto, a dissuadisse de sua decisão. Logo a mãe se calou e ajudou como pôde a filha a levar o armário para fora. Se necessário, Gregor poderia renunciar ao armário, mas a escrivaninha tinha que ficar ali. E mal as mulheres tinham deixado o quarto com o armário, empurrando-o, ofegantes, Gregor esticou a cabeça de sob o sofá para ver como poderia interferir, com cuidado e, se possível, com consideração. Mas, infelizmente, foi justamente a mãe a primeira a voltar, enquanto Grete, na sala ao lado, agarrava o sofá, balançando-o de um lado para o outro sem, evidentemente, tirá-lo do lugar. A mãe, porém, não estava habituada a ver Gregor, ele era capaz de deixá-la doente, e assim, Gregor recuou, correndo, até a outra ponta do sofá, mas não foi capaz de evitar que o lençol, na frente, se deslocasse um pouco. Aquilo bastou para chamar a atenção da mãe. Ela parou, permaneceu em silêncio por um instante e, então, voltou para junto de Grete.

Apesar de Gregor sempre voltar a dizer que nada de incomum estava acontecendo, que apenas alguns móveis estavam sendo deslocados, ele logo foi forçado a admitir que esse ir e vir das mulheres, seus breves chamados, os riscos dos móveis no assoalho tiveram, sobre ele, o efeito de uma grande confusão, que era alimentada por todos os lados, e, embora ele encolhesse as patas e a cabeça, pressionando o corpo todo contra o chão, foi forçado a admitir que, inevitavelmente, não aguentaria aquilo tudo por muito tempo. Elas estavam esvaziando seu quarto, privando-o de tudo aquilo de que ele gostava. Já tinham levado para fora o armário, no qual se encontravam sua serra e suas outras ferramentas, e agora soltavam a escrivaninha, que já estava profundamente enraizada no chão, e na qual ele fizera suas lições de aluno da academia de comércio, do ginásio e até do primário. Agora ele já não tinha tempo de refletir sobre as boas intenções das duas mulheres, cuja existência, aliás, ele quase esquecera, pois, exaustas, elas trabalhavam em silêncio e só se ouviam os pesados baques dos seus pés.

E assim, então, ele avançou — as mulheres justamente estavam apoiadas na escrivaninha, na sala ao lado, para tomar um pouco de fôlego —, mudou quatro vezes de direção, pois de fato não sabia o que haveria de salvar primeiro, e viu, dependurado na parede de resto já vazia, o quadro da mulher vestida com peles. Com toda a pressa, ele se arrastou parede acima, pressionando com o corpo o vidro, que o segurava e que fazia bem à sua barriga quente. Pelo menos aquele quadro, que agora Gregor cobria completamente, ninguém tiraria dali. Ele virou a cabeça em direção à porta da sala, para observar as mulheres voltando.

Elas não se tinham permitido muito descanso e já estavam entrando. Grete colocara o braço em torno da mãe e quase a estava carregando.

— Então, o que vamos pegar agora? — dizia Grete, voltando-se à mãe.

E então os olhares delas se cruzaram com o olhar de Gregor, na parede. Por causa da presença da mãe, ela manteve a compostura, inclinou o rosto em direção à mãe, para evitar que ela olhasse à sua volta e logo disse, ainda que trêmula e sem pensar:

— Venha, não seria melhor voltarmos à sala por um instante?

A intenção de Grete estava clara para Gregor: ela queria colocar a mãe num lugar seguro para então espantá-lo da parede. Ela que tente! Ele estava sentado sobre o seu quadro e não o entregaria. Preferia saltar sobre o rosto de Grete.

Mas as palavras de Grete, num primeiro momento, deixaram a mãe realmente inquieta. Ela foi para o lado, avistou a gigantesca mancha marrom sobre o papel de parede florido e exclamou, com uma voz áspera e esganiçada, antes de se dar conta de que, na verdade, o que ela via ali era Gregor:

— Ai, meu Deus! Ai, meu Deus!

Então despencou sobre o sofá, com os braços abertos, como se tivesse desistido de tudo, permanecendo imóvel.

— Você, hein, Gregor! — exclamou a irmã, com o punho cerrado erguido, olhando-o de maneira penetrante.

Desde a metamorfose, aquelas eram as primeiras palavras diretas que ela lhe dirigia. Ela correu para o quarto ao lado, para apanhar alguma essência, com a qual pudesse acordar a mãe do desmaio. Gregor queria ajudar também — para salvar o quadro, ainda haveria tempo depois —, mas estava grudado no vidro e foi forçado a se soltar com violência. E, então, ele também correu para o quarto ao lado, como se pudesse dar algum conselho à irmã, como fazia antes. Mas foi obrigado a permanecer atrás dela, sem nada fazer, enquanto ela revirava diversas garrafinhas, e ainda a assustou: no instante em que ela se virou, uma garrafa caiu no chão e se quebrou, um caco feriu Gregor no rosto, e algum remédio ardido se espalhou à sua volta. Sem demora, Grete apanhou tantas garrafinhas quantas era capaz de segurar e correu com elas em direção à mãe. Bateu a porta com o pé. Agora, Gregor estava isolado da mãe, que, talvez por sua culpa, estava à beira da morte. Ele não tinha como abrir a porta e também não queria espantar a irmã, que precisava permanecer junto à mãe. Agora não tinha nada a fazer senão esperar e, oprimido por preocupações e repreendendo a si mesmo, começou a rastejar — arrastou-se sobre tudo, paredes, móveis e teto e, por fim, em seu desespero, quando o aposento inteiro começou a girar à sua volta, caiu no meio da grande mesa.

Passou-se um tempo. Gregor permanecia deitado, exausto. À sua volta, fazia-se silêncio. Talvez aquilo fosse um bom sinal. E então soou a campainha. Evidentemente a empregada estava trancada na cozinha e, por isso, Grete foi obrigada a ir abrir a porta. O pai tinha chegado.

— O que aconteceu? — foram suas primeiras palavras.

A aparência de Grete imediatamente lhe revelara tudo. Grete respondeu com uma voz abafada, pois sem dúvida estava pressionando a cabeça contra o peito do pai.

— A mãe desmaiou, mas ela já está se sentindo melhor. Gregor fugiu.

— Eu já esperava por isso — disse o pai —, eu sempre digo a vocês, mas vocês, mulheres, não querem ouvir.

Estava claro para Gregor que o pai interpretara mal a fala breve de Grete e que ele supusera que Gregor fosse o culpado por algum tipo de violência. Por isso, agora, Gregor precisava tentar acalmar o pai, pois, para explicações, não havia tempo nem possibilidade. E, assim, ele fugiu para junto da porta de seu quarto, encostando-se nela, para que o pai, ao entrar da antessala, imediatamente pudesse ver que Gregor tinha as melhores intenções de retornar, imediatamente, para o interior de seu quarto, e que não era necessário tocá-lo de volta, bastava abrir a porta e ele no mesmo instante desapareceria.

Mas o pai não estava no humor adequado para perceber tais sutilezas.

— Ah! — exclamou ele logo ao entrar, num tom ao mesmo tempo enfurecido e alegre. Gregor afastou a cabeça da porta e a ergueu em direção ao pai. Ele nunca imaginara o pai da maneira que estava agora, pois, nos últimos tempos, entretido em rastejar de um lado para o outro, deixara de prestar atenção no que acontecia no resto do apartamento quando, na verdade, deveria estar preparado para encontrar as circunstâncias bem alteradas. Ainda assim, ainda assim, aquele ainda era o pai? O mesmo homem que permanecia deitado na cama, cansado, quando, antigamente, Gregor partia para suas viagens de trabalho; que, nas noites de suas voltas à casa, o recebia sentado na cadeira de balanço, vestido com um roupão; que nem era capaz de se levantar e que, em sinal de alegria, apenas erguia os braços? O homem que, nos raros passeios que a família fazia, em alguns domingos pela manhã, e nos feriados mais importantes, andava entre Gregor e a mãe, que na verdade já andavam bem devagar, e ia ainda mais devagar do que eles, avançando com esforço, sempre com a bengala em punho, sempre embrulhado em seu velho casaco e que, quando queria dizer alguma coisa, quase sempre se detinha, reunindo à sua volta seus acompanhantes? Mas agora ele estava bem ereto, com seu uniforme azul de botões dourados, igual aos usados pelos garçons das instituições bancárias. Acima do colarinho alto e duro, seu grande queixo duplo avançava; sob as sobrancelhas espessas, a mirada dos olhos negros perscrutava tudo com disposição e atenção, e seus cabelos brancos, geralmente desgrenhados, estavam domados por um penteado meticuloso, preciso e brilhante. Ele lançou longe seu quepe, sobre o qual havia um monograma dourado, provavelmente de algum banco, fazendo-o descrever um arco por toda a sala, em direção ao sofá. Com as pontas do paletó comprido de seu uniforme voltadas para trás e as mãos enfiadas nos bolsos, ele aproximou-se de Gregor, com um olhar furioso. Ele mesmo não sabia quais eram suas intenções. Ainda assim, erguia os pés de maneira incomum, e Gregor ficou espantado com as dimensões gigantescas das solas de suas botas. Mas ele não ficou parado ali, pois, desde o primeiro dia de sua nova vida, Gregor sabia que o pai considerava que somente o máximo rigor seria adequado ao lidar com ele. E assim saiu correndo na frente do pai, parando quando o pai parava, voltando a avançar quando o pai se mexia. E assim eles deram várias voltas pela sala, sem que acontecesse nada de decisivo, e sem que, por causa da velocidade reduzida dos dois, tudo aquilo de fato se parecesse com uma perseguição. Por isso, Gregor também permaneceu, por enquanto, no assoalho, pois temia que o pai considerasse uma fuga para a parede ou para o teto alguma maldade toda especial. Ainda assim, Gregor foi obrigado a dizer a si mesmo que aquela corrida não haveria de durar por muito tempo, pois, enquanto o pai dava um passo, ele era obrigado a realizar uma quantidade enorme de movimentos. A falta de ar já começava a se tornar perceptível, como também ocorria nos velhos tempos, quando ele tampouco tinha pulmões muito confiáveis. Enquanto manquejava assim, mal deixava os olhos abertos, para assim concentrar todas suas forças na corrida, e em sua obtusidade nem pensava em outra salvação que não a corrida, e já quase esquecera que as paredes estavam à sua disposição, embora aqui se tornassem inacessíveis por causa dos móveis cuidadosamente cinzelados, cheios de pontas e de cantos — viu algo que foi lançado delicadamente voando bem perto dele, e logo rolando à sua frente. Era uma maçã. E logo em seguida voou uma segunda. Grete ficou paralisada de susto. Era inútil continuar a correr, pois o pai estava decidido a bombardeá-lo. Da tigela de frutas que ficava sobre o bufê, ele enchera os bolsos e agora, por enquanto sem mirar com precisão, ele atirava uma maçã depois da outra. Essas pequenas maçãs vermelhas rolavam pelo chão, como se estivessem eletrizadas, por todos os lados, chocando-se umas com as outras. Uma maçã lançada com delicadeza atingiu as costas de Gregor, mas escorregou sem causar dano. Outra, lançada logo em seguida, porém, de fato penetrou nas suas costas. Gregor queria continuar a se arrastar, como se aquela dor surpreendente e inacreditável pudesse passar com uma mudança de lugar. Mas ele sentia como se tivesse sido pregado no chão e esticou-se em completo atordoamento de todos os sentidos. Com um último olhar, viu a porta de seu quarto sendo escancarada e a mãe, vestida só de combinação, pois a irmã a despira, para facilitar sua respiração depois do desmaio, correndo na frente da irmã, que gritava, e então a mãe corria em direção ao pai e, enquanto isso, suas saias escorregavam no chão, uma depois da outra, e ela, tropeçando sobre as saias, avançava na direção do pai, o abraçava, em completa união com ele e, com as mãos na parte posterior de sua cabeça, lhe suplicava para preservar a vida de Gregor. Mas, agora, a vista de Gregor já começava a falhar.

III

O grave ferimento de Gregor, com o qual ele sofreu por mais de um mês — a maçã ficou encravada na carne como uma lembrança visível, uma vez que ninguém ousou retirá-la —, pareceu ter lembrado até mesmo ao pai de que Gregor, apesar de sua forma atual, triste e repugnante, era um membro da família, que não poderia ser tratado como um inimigo, mas sim como alguém a quem os mandamentos das obrigações familiares determinavam que deveria ser tolerado, nada além de tolerado, engolindo-se o nojo.

E ainda que, por causa de seu ferimento, Gregor tivesse perdido parte de sua mobilidade, provavelmente para sempre, e, por enquanto, precisasse de longos minutos para atravessar seu quarto, como um velho inválido — não havia nem como pensar em rastejar pelas alturas —, ele achava que tinha recebido uma compensação plenamente suficiente por essa piora em seu estado geral, pois agora, ao entardecer, a porta da sala, que ele costumava começar a observar atentamente já com uma ou duas horas de antecedência, era aberta de maneira que, deitado na escuridão de seu quarto, e invisível a partir da sala, ele podia ver a família inteira reunida em torno da mesa iluminada e podia também ouvir o que diziam, e certamente com o consentimento de todos, ou seja, diferentemente de antes.

Sem dúvida, aquelas já não eram as conversas animadas dos tempos anteriores, nas quais Gregor, em pequenos quartos de hotel, sempre pensara com certa saudade, quando, cansado, era obrigado a se jogar nas roupas de cama úmidas. Agora, na maioria das vezes, faziam-se longos silêncios. O pai adormecia em sua cadeira, logo depois de comer, a mãe e a irmã exortavam-se mutuamente a manter o silêncio. A mãe, inclinando-se muito para a frente, para colocar-se sob a luz, costurava finas roupas de baixo para uma loja de modas; a irmã, que se empregara como vendedora, estudava estenografia e francês à noite, para talvez mais tarde conseguir um emprego melhor. Às vezes, o pai acordava e, como se nem soubesse que tinha adormecido, dizia à mãe:

— De novo? Quanto tempo você está costurando hoje! — e então voltava, imediatamente, a adormecer, enquanto a mãe e a irmã, cansadas, sorriam uma para a outra.

Com uma espécie de teimosia, o pai também se recusava a tirar seu uniforme de servente em casa e, enquanto o roupão pendia, inútil, num gancho, ele cochilava, totalmente vestido, em seu lugar, como se sempre estivesse pronto ao seu serviço e como se ali também estivesse à espera da voz de seu superior. Por isso, o uniforme, que desde o início não era novo, também perdera sua limpeza, apesar de todos os esforços da mãe e da irmã. Gregor costumava passar noites inteiras observando aquele traje todo manchado, com seus botões dourados sempre lustrosos, extremamente desconfortável, com o qual o velho homem dormia vestido mesmo assim tranquilamente.

Logo que o relógio soava dez horas, a mãe tentava acordar o pai, falando-lhe em voz baixa, e tentava convencê-lo a ir para a cama, pois ali não era possível dormir direito, e ele precisava entrar no serviço às seis horas. Mas, com a teimosia que, desde que começara a trabalhar como servente, tomara conta dele, ele sempre insistia em permanecer por mais tempo à mesa, ainda que sempre adormecesse, e assim, só à custa dos maiores esforços, era possível convencê-lo a trocar a cadeira pela cama. Com suas pequenas advertências, a mãe e a irmã podiam insistir com ele tanto quanto quisessem. Durante um quarto de hora, ele balançava a cabeça devagar, mantinha os olhos fechados e não se levantava. A mãe o puxava pela manga, sussurrava palavras bajuladoras em seus ouvidos, a irmã deixava de lado sua lição para ajudar a mãe, mas sobre o pai aquilo não tinha nenhum efeito. Ele só mergulhava ainda mais fundo em sua cadeira. Só quando as mulheres o apanhavam pelas axilas, ele abria os olhos, olhava, alternadamente, para a mãe e para a irmã e costumava dizer:

— Que vida é esta! Este é o descanso da minha velhice! — e, apoiado nas duas mulheres, levantava-se, com muito esforço, como se ele fosse, para si mesmo, o maior de todos os fardos. Deixava-se conduzir até a porta pelas mulheres, lá se desvencilhava delas, com acenos, e então prosseguia, só, enquanto a mãe, apressadamente, jogava para o lado seus utensílios de costura, e a irmã fazia o mesmo com a pena, para correrem atrás do pai e continuarem a ajudá-lo.

Quem, nessa família cansada pelo trabalho excessivo, ainda tinha tempo para se preocupar com Gregor mais do que era estritamente necessário? O orçamento doméstico tornava-se cada vez mais restrito, a empregada acabou sendo demitida, uma imensa e ossuda faxineira, com cabelos brancos, que esvoaçavam em torno da cabeça, vinha pela manhã e à tardinha para fazer os trabalhos mais pesados, e todo o resto ficava por conta da mãe, além de toda a costura. Acontecia até mesmo de várias joias, que antes a mãe e a irmã usavam, com enorme alegria, em encontros sociais e em festividades, serem vendidas, como Gregor concluiu à noite, enquanto todos conversavam sobre os preços obtidos. Mas a pior queixa era sempre que não tinham como deixar o apartamento, grande demais diante das atuais circunstâncias, pois não era concebível mudarem-se dali com Gregor. Mas Gregor entendia que não era só por consideração que se viam impedidos de se mudar, pois facilmente poderiam transportá-lo num caixote adequado, com alguns orifícios para entrada de ar. O que mantinha a família longe de uma mudança de apartamento era, antes, sua completa desesperança e a ideia de que tinham sido atingidos por uma desgraça, como ninguém mais em todo o seu círculo de parentes e conhecidos. Tudo o que o mundo exige de gente pobre eles faziam, até as últimas consequências. O pai apanhava o café da manhã para os pequenos funcionários do banco, a mãe se sacrificava pela roupa de baixo de pessoas estranhas, a irmã corria de um lado para o outro atrás do balcão, obedecendo às ordens dos clientes, mas, para mais do que isso, as forças da família já não bastavam. E a ferida nas costas de Gregor começava a doer, como se fosse recente, tão logo via a mãe e a irmã, depois de terem levado o pai para a cama, voltarem para a mesa, deixando de lado o trabalho, e se aproximarem uma da outra, quase juntando os rostos, e então, apontando para o quarto de Gregor, a mãe dizer:

— Feche logo a porta, Grete.

E Gregor voltava a ficar no escuro, enquanto, ao lado, as mulheres misturavam suas lágrimas ou olhavam fixamente para a mesa, sem chorar.

Gregor passava as noites e os dias quase sem dormir. Às vezes, pensava em retomar o pulso dos assuntos da família, assim como fazia antigamente, tão logo a porta voltasse a se abrir. Em seus pensamentos, voltavam a surgir, depois de muito tempo, o chefe e o gerente, os auxiliares de escritório e os aprendizes, o servente, tão estúpido, dois ou três amigos de outras lojas, uma camareira de um hotel no interior — uma lembrança querida e fugaz —, a caixa de uma loja de chapéus que ele seriamente cortejara, mas devagar demais — todos esses apareciam, misturados com estranhos ou com pessoas já esquecidas, mas, em vez de ajudarem a ele e à sua família, todos estavam inalcançáveis, e ele se alegrava quando voltavam a desaparecer. Mas, então, outras vezes, ele não tinha nenhum desejo de se preocupar com sua família, via-se tomado de fúria por causa dos maus-tratos e, embora fosse incapaz de imaginar algo que lhe apetecesse, ainda assim fazia planos para penetrar na despensa e apanhar aquilo que lhe era de direito, ainda que não tivesse fome. Pois, sem se preocupar mais em agradar Gregor, a irmã, agora, chutava, com toda a pressa, antes de sair pela manhã ou logo depois do almoço, qualquer comida para dentro do quarto de Gregor e, à noite, indiferente ao fato de que aquela comida apenas tivesse sido provada ou — como acontecia na maioria das vezes — permanecesse intocada, ela a afastava de lá, com uma vassoura. A arrumação do quarto, à qual ela agora sempre se dedicava ao entardecer, não podia ser feita com maior rapidez. Manchas de sujeira estendiam-se ao longo das paredes, aqui e ali viam-se montinhos de poeira e de lixo. Nos primeiros tempos, quando a irmã chegava, Gregor se colocava nos cantos onde estavam essas marcas para, por meio de sua posição, adverti-la, na medida do possível. Mas ele poderia permanecer ali por semanas a fio sem que a irmã mudasse qualquer coisa. Ela via a sujeira tanto quanto ele, mas estava decidida a deixá-la ali. Ao mesmo tempo, com uma sensibilidade totalmente nova, que, aliás, tomara conta de toda a família, zelava para que a arrumação do quarto de Gregor ficasse exclusivamente sob a responsabilidade dela. Certa vez, a mãe fizera uma grande limpeza no quarto de Gregor, que só foi capaz de completar depois de usar alguns baldes de água — o excesso de umidade, no entanto, fez mal a Gregor e, amargurado, imóvel e largado, ele permaneceu deitado sobre o sofá. Mas aquilo não ficou sem castigo. Pois, mal a irmã notou, ao anoitecer, a mudança no quarto de Gregor, ela correu para a sala, profundamente ofendida e, apesar das mãos da mãe, erguidas em súplica, caiu num choro convulsivo, o qual os pais — evidentemente o pai fora despertado do sono em sua cadeira — primeiro observaram, atônitos e desamparados, até que começaram a se mexer. O pai, à direita da mãe, a repreendia por não ter deixado a limpeza do quarto de Gregor a cargo da filha; a irmã, por sua vez, à esquerda, berrava, dizendo que nunca mais teria permissão para limpar o quarto de Gregor. Enquanto isso, a mãe, que já não reconhecia mais o pai, de tanto que ele estava alterado, tentava carregá-lo para o quarto, e a irmã, sacudida por soluços, golpeava a mesa com seus pequenos punhos. Gregor assoviava de fúria porque não ocorria a ninguém fechar a porta para poupá-lo daquela visão e daquele barulho.

Mas, ainda que a irmã, exausta por seu emprego, agora já estivesse enjoada de cuidar de Gregor, como antes, a mãe não deveria, de maneira nenhuma, ter entrado em ação em seu lugar, nem tampouco Gregor precisava ser negligenciado, pois agora a faxineira estava lá. Aquela velha viúva, que em sua longa vida suportara as piores coisas graças à sua sólida constituição óssea, não se sentia propriamente repugnada por Gregor. Sem nenhum tipo de curiosidade, ela, por acaso, uma vez abrira a porta do quarto de Gregor, avistando-o, e ele, totalmente surpreso, ainda que ninguém o tivesse espantado, começou a correr de um lado para o outro. Ela permaneceu imóvel, admirando-o, e cruzou as mãos sobre o colo. Desde então, ela nunca perdia a oportunidade de, pela manhã e à noite, abrir um pouco a porta, furtivamente, e espiar Gregor. De início, ela o chamava para perto de si, com palavras que provavelmente considerava amigáveis, como "vem cá, seu velho besouro bosteiro!", ou "vejam só, o velho besouro bosteiro!". A chamados assim Gregor não reagia, mas permanecia imóvel, em seu lugar, como se a porta nem sequer tivesse sido aberta. Se, ao menos, em vez de permitir que ela o perturbasse à toa, tivessem dado a essa criada ordens de limpar o quarto todos os dias! Certa vez, cedo de manhã — uma chuva forte, talvez já um sinal da chegada da primavera, golpeava as vidraças —, quando a criada começou, novamente, com seu falatório,

Gregor ficou tão amargurado que se voltou contra ela, como se fosse atacá-la, embora devagar e sem força. A criada, porém, em vez de assustar-se, simplesmente ergueu para o alto uma cadeira que estava junto à porta e, enquanto permanecia ali, boquiaberta, ficou claro que só tinha a intenção de voltar a fechar a boca no instante em que a cadeira que tinha em mãos atingisse as costas de Gregor.

— Então, não vai avançar mais? — perguntou ela, quando Gregor se voltou, e então colocou, tranquilamente, a cadeira de volta no canto.

Agora, Gregor já quase não comia nada. Só quando, por acaso, ele passava por perto da comida que fora preparada, apanhava, só por brincadeira, um bocado, que então ficava em sua boca por horas a fio, e por fim, na maioria das vezes, voltava a cuspi-lo. Primeiro, pensou que fosse a tristeza por causa do estado do seu quarto que o impedisse de comer. Mas logo foi capaz de se reconciliar com as mudanças ocorridas ali. A família tinha se habituado a colocar naquele quarto coisas para as quais não havia lugar em outra parte. E havia muitas coisas assim, pois um dos quartos da casa tinha sido alugado a três senhores. Esses senhores tão sérios — os três tinham barba, como Gregor foi capaz de perceber, certa vez, pela fresta da porta — eram muito exigentes no que dizia respeito à mais extrema ordem, não só em seu aposento, mas também, uma vez que tinham alugado um quarto ali, em todo o apartamento, e especialmente na cozinha. Eles não suportavam coisas inúteis nem velharias sujas. Além disso, tinham trazido, em sua maior parte, a própria mobília. Por esse motivo, muitas coisas tinham se tornado inúteis, coisas que não havia como vender, mas que também não se queria jogar fora. Agora a faxineira, que sempre estava com muita pressa, simplesmente arremessava no quarto de Gregor tudo aquilo que era considerado inútil. Por sorte, na maioria das vezes, Gregor apenas avistava o objeto em questão e a mão que o segurava. A faxineira talvez tivesse a intenção de, oportunamente, voltar a apanhar aquelas coisas, ou de jogá-las fora, todas juntas, de uma só vez. Na realidade, porém, elas teriam permanecido jogadas ali, no lugar onde tinham caído pela primeira vez ao serem lançadas, se

Gregor não tivesse se voltado contra aquela tralha, deslocando-a, primeiro sendo forçado a fazê-lo, pois do contrário não restaria espaço livre para rastejar, mas, com o passar do tempo, cada vez com maior prazer, ainda que, depois dessas caminhadas, ele passasse horas imóvel, triste, morrendo de cansaço.

Como os inquilinos às vezes jantavam em casa, a porta da sala permanecia fechada em algumas noites. Mas Gregor renunciava com facilidade à abertura da porta, pois, já algumas vezes, ele deixara de desfrutar da porta aberta permanecendo, sem que a família o percebesse, no canto mais escuro do seu quarto. Certa vez, porém, a faxineira deixara a porta da sala entreaberta, e assim ela permaneceu, também ao anoitecer, quando os inquilinos chegaram e a luz foi acesa. Eles se sentaram à mesa, onde antes o pai, a mãe e Gregor comiam, desdobraram os guardanapos e tomaram garfo e faca nas mãos. Logo a mãe apareceu à porta, com uma travessa de carne, e logo atrás dela a irmã, com uma travessa de batatas empilhadas. A comida fumegava, exalando um vapor intenso. Os inquilinos se curvaram sobre as travessas que foram colocadas diante deles, como se, antes de comer, quisessem testar a comida e, de fato, aquele que estava sentado no meio, e que parecia ser considerado uma autoridade pelos outros dois, cortou um pedaço de carne, ainda na travessa, para verificar decerto se estava suficientemente macia e se não precisava, talvez, ser enviada de volta à cozinha. Ele ficou satisfeito. A mãe e a irmã, que observavam, tensas, começaram a sorrir, respirando aliviadas.

Quanto à família, comiam na cozinha. Ainda assim, o pai, antes de ir para a cozinha, entrava na sala e, com uma única reverência, segurando na mão seu quepe, dava a volta em torno da mesa. Os inquilinos levantavam-se e murmuravam algo sob suas barbas. Então, quando estavam a sós, comiam, em silêncio quase absoluto. Parecia estranho a Gregor que, em meio a todos os ruídos, enquanto eles comiam, sempre se voltasse a ouvir o ruído dos seus dentes mastigando, como se, com isso, eles quisessem mostrar a Gregor que era preciso ter dentes para comer e que, mesmo com as mais belas mandíbulas desdentadas, não era possível fazer nada. "Tenho fome", dizia Gregor a si mesmo, preocupado, "mas não dessas coisas. E como se alimentam esses inquilinos, enquanto eu estou aqui morrendo!"

Justamente naquela noite — Gregor não se lembrava de ter ouvido o violino nenhuma vez durante todo aquele tempo —, ele ouviu um som, vindo da cozinha. Os inquilinos já tinham terminado o jantar, o do meio apanhara um jornal, dando uma folha a cada um dos outros dois, e agora eles liam, recostados, e fumavam. Quando o violino começou a soar, eles, atentos, se levantaram e foram, na ponta dos pés, para junto da porta da antessala, onde ficaram parados, um ao lado do outro. Alguém os ouvira na cozinha, pois o pai exclamou:

— A música talvez incomode os senhores? Podemos interrompê-la imediatamente.

— Ao contrário — disse o homem do meio —, será que a senhorita não gostaria de entrar e de tocar aqui na sala, onde é muito mais cômodo e agradável?

— Oh, por favor — exclamou o pai, como se fosse ele o violinista.

Os senhores voltaram para a sala, esperando. Logo vieram o pai, com a estante para partituras, a mãe com a partitura e a irmã com o violino. A irmã preparava tudo para tocar, tranquilamente. Os pais, que nunca tinham alugado quartos antes, e que por isso exageravam na cortesia em relação aos inquilinos, nem sequer ousavam se sentar sobre suas próprias cadeiras. O pai permanecia encostado na porta, com a mão direita enfiada entre dois botões do seu libré. Quanto à mãe, um dos senhores lhe ofereceu uma cadeira, e ela permaneceu sentada, apartada dos outros, num canto, pois deixara a cadeira exatamente no lugar onde o senhor a colocara.

A irmã começou a tocar; o pai e a mãe acompanhavam atentamente os movimentos de sua mão, cada um de um lado. Gregor, atraído pela música, ousou avançar um pouco e já estava com a cabeça na sala. Ele nem se admirava com sua falta de cuidado para com os outros, nos últimos tempos. Antes, orgulhava-se desse cuidado. No entanto, agora teria mais motivos do que nunca para se esconder, pois, por causa da poeira que se espalhava por todos os lados, em seu quarto, e que, diante do menor movimento, esvoaçava à sua volta, ele mesmo também estava completamente coberto de poeira. Sobre suas costas e seus flancos, carregava consigo, para todos os lados, fios, cabelos e restos de comida. Sua indiferença diante de tudo se tornara grande demais para que, como ele costumava fazer antes, várias vezes por dia, se deitasse de costas, esfregando-se no tapete. E, apesar desse estado, ele não tinha escrúpulos em avançar sobre um pedaço do assoalho imaculado da sala.

Ainda assim, ninguém percebeu sua presença. A família estava totalmente concentrada na música do violino, enquanto os inquilinos, que primeiro tinham se colocado de pé, perto demais da estante de partituras, com as mãos enfiadas nos bolsos, para assim poderem acompanhar todas as notas, o que certamente incomodava a irmã, logo recuaram, cabisbaixos, conversando à meia-voz, para junto da janela, onde permaneceram, sendo observados com preocupação pelo pai. De fato, parecia, muito claramente, que eles estavam desapontados em sua expectativa de ouvir alguma música bonita ou divertida. Parecia que já estavam fartos de toda aquela apresentação e que só permitiam que os incomodassem, em seu momento de tranquilidade, por uma questão de cortesia. Em especial, a maneira como sopravam a fumaça dos seus charutos para o alto, com a boca e o nariz, dava a impressão de muito nervosismo. E, ainda assim, a irmã tocava tão bem! Seu rosto estava voltado para o lado e seu olhar acompanhava, com atenção e com tristeza, as linhas da partitura. Gregor arrastou-se ainda um tanto para a frente, mantendo a cabeça rente ao chão, para talvez assim encontrar o olhar dela. Acaso era ele um animal, se a música o comovia de tal maneira? Parecia-lhe que o caminho em direção ao alimento desejado e desconhecido se abria para ele. Estava decidido a avançar até a irmã, a puxá-la pela saia e assim a dar-lhe a entender que ele queria que ela viesse com seu violino para dentro do seu quarto, pois aqui ninguém apreciava sua música tanto quanto ele. Ele não mais a deixaria sair de seu quarto, pelo menos não enquanto vivesse. Sua forma assustadora deveria lhe ser útil, pela primeira vez: ele queria zelar, simultaneamente, junto a todas as portas do seu quarto e assim contra-atacar e espantar os agressores. Mas a irmã não haveria de permanecer junto dele à força, e sim voluntariamente. Ela deveria permanecer sentada ao lado dele, no sofá, inclinar seu ouvido para baixo, em direção a ele, e então ele haveria de lhe confiar que tivera a firme intenção de enviá-la ao conservatório e que, se não fosse o desastre ocorrido no meio-tempo, no Natal passado — o Natal já tinha passado, não? —, teria declarado aquilo a todos, sem se preocupar com qualquer tipo de objeção. E, depois dessa declaração, a irmã irromperia em lágrimas de comoção, e Gregor se ergueria até os seus ombros, e a beijaria no pescoço, que, desde que começara a trabalhar na loja, ela mantinha desnudo, sem fita e sem colarinho.

— *Herr* Samsa! — exclamou o homem do meio, voltando-se para o pai e apontando, sem desperdiçar mais nenhuma palavra, com o indicador para Gregor, que avançava devagar.

O violino emudeceu, o homem do meio primeiro sorriu, balançando a cabeça em direção a seus amigos e então olhou, mais uma vez, em direção a Gregor. O pai considerou que era necessário, em vez de espantar Gregor, primeiro acalmar os inquilinos, ainda que estes não estivessem perturbados, e ainda que Gregor parecesse entretê-los mais do que a música do violino. Correu em direção a eles e, com os braços abertos, tentava impeli-los em direção a seu quarto, ao mesmo tempo que, com o corpo, tentava ocultar Gregor de suas vistas. De fato, eles se irritaram um pouco, e já não era possível saber se por causa do comportamento do pai ou porque agora se davam conta de que, sem o saberem, tinham um vizinho de quarto como Gregor. Exigiram explicações do pai, ergueram, por sua vez, os braços, puxaram as barbas, inquietos, e só aos poucos recuaram em direção a seu quarto. Nesse meio-tempo, a irmã superara a perplexidade na qual mergulhara depois da súbita interrupção da música e, após passar um tempo segurando o arco e o violino nas mãos, que pendiam ociosas, e olhando para a partitura, como se ainda estivesse tocando, ergueu-se, apressada, colocou o instrumento no colo da mãe, que ainda permanecia sentada na cadeira, com os pulmões ofegantes, em meio a dificuldades respiratórias, correu para o quarto ao lado, do qual os inquilinos, diante dos avanços do pai, já se aproximavam rapidamente. Via-se como, sob as mãos experientes da irmã, os travesseiros e os cobertores na cama voavam para o alto e se ordenavam. Ainda antes de os senhores alcançarem seu quarto, ela estava pronta com a arrumação das camas, esgueirando-se para fora. O pai, mais uma vez, parecia a tal ponto tomado por sua teimosia que esqueceu, completamente, o respeito que, ainda assim, devia aos inquilinos. Ele avançava e avançava até que o homem do meio, à porta do quarto, bateu com os pés, trovejando, e assim levou o pai a deter-se.

— Declaro por meio desta — disse ele, erguendo a mão e buscando também a irmã e a mãe com o olhar — que, diante das circunstâncias repugnantes desta casa e desta família — e ao dizer isso cuspiu rapidamente no chão, de maneira decidida —, imediatamente renuncio ao aluguel do meu quarto. É certo que tampouco pagarei qualquer coisa pelos dias em que morei aqui, e ainda vou pensar se farei, na Justiça, exigências em relação ao senhor, as quais, acredite, seriam muito fáceis de fundamentar.

Ele se calou e então olhou à sua frente, como se estivesse à espera de alguma coisa. E, de fato, logo seus dois amigos se pronunciaram:

— Nós também renunciamos, imediatamente, ao aluguel.

E, em seguida, agarrou a maçaneta da porta e bateu a porta com um estrondo.

Tateando com as mãos, o pai foi vacilando até a cadeira e despencou sobre ela. Parecia que estava se esticando para seu cochilo noturno habitual, mas o balançar forte de sua cabeça, que parecia solta, mostrava que ele não estava, de maneira nenhuma, dormindo. Gregor permaneceu em silêncio o tempo todo, no mesmo lugar onde fora surpreendido pelo inquilino. A decepção com o malogro do seu plano, mas talvez, também, a fraqueza, causada pelo longo período de fome, tornavam-lhe impossível qualquer movimento. Com um tanto de certeza, ele já temia para os próximos instantes um desabamento geral, que se precipitaria sobre ele, e aguardava por isso. Nem mesmo o violino, que, sob os dedos trêmulos da mãe, caíra do colo dela, provocando um som que ecoava pela sala, foi capaz de assustá-lo.

— Queridos pais — disse a irmã, batendo com a mão sobre a mesa para dar início à sua fala —, assim não podemos continuar. Talvez vocês não compreendam isto, mas eu compreendo. Não quero pronunciar o nome do meu irmão diante deste animal horrendo e por isso digo apenas: precisamos tentar nos livrar dele. Nós fizemos tudo o que era humanamente possível para cuidar dele, para tolerá-lo, e acho que ninguém pode nos fazer nem mesmo a menor das acusações.

— Ela está mil vezes certa — disse o pai consigo mesmo.

A mãe, que ainda não recuperara o fôlego, começou com uma tosse abafada, por trás da mão, enquanto uma expressão enlouquecida lhe tomava os olhos.

A irmã correu em direção à mãe, segurando sua testa. O pai parecia ter sido conduzido pelas palavras da irmã a determinados pensamentos e, sentando-se, ereto, brincava com seu quepe de servente por entre os pratos do jantar dos inquilinos, que ainda permaneciam sobre a mesa, e de quando em quando olhava em direção ao silencioso Gregor.

— Precisamos encontrar um jeito de nos livrarmos *disso* — disse a irmã, por fim, ao pai, pois a mãe, tossindo, não ouvia nada. — Isso ainda vai acabar com vocês dois, já vejo como está para acontecer. Quando alguém precisa trabalhar tão duro quanto todos nós, não pode, ainda, em casa, aguentar essa tortura permanente. Eu também já não posso mais.

E ela irrompeu num choro tão convulsivo que suas lágrimas escorreram sobre o rosto da mãe, do qual ela as enxugava com os gestos mecânicos da mão.

— Filha — disse o pai, compassivo e com uma compreensão surpreendente —, mas o que faremos?

A irmã deu de ombros, assinalando a perplexidade que tomara conta dela durante o choro, em oposição à sua certeza anterior.

— Se ele nos entendesse — disse o pai, um pouco como se estivesse fazendo uma pergunta.

A irmã, em meio ao choro, agitou a mão, impetuosamente, dando a entender que era impossível pensar naquilo.

— Se ele nos entendesse — repetiu o pai e, cerrando os olhos, incorporou a opinião da irmã acerca da impossibilidade daquilo —, então talvez fosse possível algum tipo de acordo. Mas assim...

— Ele precisa ir embora — exclamou a irmã —, é o único jeito, pai. Você precisa tentar se livrar da ideia de que isso seja Gregor. Que nós tenhamos acreditado nisto por tanto tempo é a verdadeira causa da nossa infelicidade. Mas como é possível que isso seja Gregor? Se fosse Gregor, há muito tempo ele teria compreendido que a convivência de seres humanos com um animal assim não é possível, e teria ido embora por vontade própria. E assim não teríamos meu irmão, mas poderíamos continuar a viver e honrar a memória dele. Mas assim esse bicho nos persegue, espanta os inquilinos, evidentemente quer se apoderar do apartamento inteiro e nos fazer dormir na rua. Veja, pai — gritou ela, de repente —, ele já está começando outra vez!

E, com um pavor que era totalmente incompreensível para Gregor, a irmã abandonou até mesmo a mãe, lançou-se de sua cadeira, como se preferisse sacrificar a mãe a permanecer perto de Gregor, e correu em direção ao pai, que, por fim, comovido pelo comportamento dela, também se levantou e ergueu os braços à meia altura, como se quisesse proteger a irmã.

Mas a Gregor sequer ocorria querer assustar a irmã ou quem quer que fosse. Ele apenas começara a se virar para voltar a seu quarto. Aquilo, porém, parecia chamar muita atenção, pois, por causa de seu estado enfermo, ele era obrigado a se virar com a ajuda da cabeça, e, ao fazê-lo, erguia-a e voltava a bater com ela no chão várias vezes. Ele se deteve, olhando à sua volta. Parecia que sua boa intenção tinha sido reconhecida, que aquilo fora apenas um susto momentâneo. Agora todos o olhavam, silenciosos, tristes. A mãe permanecia deitada na cadeira, com as pernas esticadas e juntas, com os olhos quase fechados de cansaço. O pai e a irmã estavam sentados um junto do outro, e a irmã colocara a mão em volta do pescoço do pai.

"Agora talvez eu já possa me virar", pensou Gregor, recomeçando seu trabalho. Ele era incapaz de conter a respiração ofegante, causada pelo esforço e, a cada tanto, era obrigado a descansar. Além disso, ninguém o estava apressando, estava tudo por conta dele. Quando terminou de dar a volta, imediatamente começou a caminhar para seu quarto. Ele se espantou com a distância que o separava dali e era incapaz de compreender como, em meio à sua fraqueza, pouco antes, descrevera, quase sem perceber, aquele mesmo trajeto. Pensando o tempo todo apenas em rastejar o mais rápido possível, mal se deu conta de que nenhuma palavra e nenhum chamado por parte da sua família o perturbavam. Só quando já estava junto à porta, voltou a cabeça, mas não completamente, pois sentia o pescoço enrijecendo-se. Ainda assim, viu que, às suas costas, nada mudara: só a irmã tinha se levantado. Seu último olhar passou pela mãe, que agora adormecera completamente.

Mal ele estava dentro de seu quarto e a porta foi cerrada, apressadamente, e também trancada e travada. Gregor assustou-se de tal maneira com o barulho às suas costas que suas patinhas se dobraram. Era a irmã quem se apressara tanto. Ela já estava em pé ali, à espreita e, com passos ágeis, saltara à frente. Gregor não a ouvira aproximando-se, e ela exclamou "enfim!" para os pais, enquanto girava a chave na fechadura.

"E agora?", perguntou-se Gregor, olhando à sua volta no escuro.

Ele logo descobriu que agora já não era capaz de qualquer movimento. Não se admirou com isso. Antes, espantou-se com o fato de que, até agora, fora capaz de andar sobre aquelas patinhas finas. De resto, ele se sentia relativamente bem. É bem verdade que sentia dores em todo o corpo, mas era como se, gradativamente, elas se tornassem mais e mais fracas e, por fim, desaparecessem completamente. Mal era capaz de sentir a maçã podre às suas costas e a inflamação à sua volta, que estava toda coberta por poeira branca. Ele se lembrava de sua família com emoção e amor. A opinião dele, de que era preciso desaparecer, talvez fosse ainda mais decisiva do que a da irmã. Permaneceu naquele estado de reflexão vazia e pacífica até que o relógio da torre soou três horas da manhã. E ele ainda viu, pela janela, o começo do amanhecer. E então sua cabeça afundou, involuntariamente, e de suas narinas escapou seu último e fraco sopro.

Quando, cedo de manhã, a faxineira chegou — embora já lhe houvessem pedido tantas vezes para não fazer isso, ela batia todas as portas com tanta força e com tanta pressa que, depois de sua chegada, não era mais possível dormir com tranquilidade em nenhum lugar do apartamento —, não encontrou nada de anormal na breve visita que habitualmente fazia a Gregor. Ela pensou que ele estivesse deitado assim, imóvel, de propósito, fazendo-se de ofendido. Ela confiava no pleno entendimento dele. Como, por acaso, tinha nas mãos a vassoura comprida, tentou, de onde estava, junto à porta, fazer cócegas em Gregor. Quando aquilo também não resultou em nada, ela se irritou e o cutucou um pouco e, só depois de tê-lo deslocado sem que ele mostrasse qualquer tipo de resistência, tornou-se mais cuidadosa. Logo que reconheceu o que de fato acontecera, arregalou os olhos, assoviou, mas não permaneceu ali por muito tempo, escancarando a porta do quarto e gritando, com voz estridente, em direção à escuridão:

— Vejam, senhores, acabou, ele está deitado ali, totalmente acabado!

O casal Samsa estava sentado em sua cama de casal e custou-lhes esforço superar o susto provocado pela faxineira, antes de realmente entenderem o conteúdo de sua mensagem. Mas então *Herr* e *Frau* Samsa apressaram-se em sair da cama, cada qual pelo seu lado. *Herr* Samsa lançou o cobertor sobre os ombros, *Frau* Samsa apareceu vestida apenas com sua camisola, e assim eles entraram no quarto de Gregor. Enquanto isso, a porta da sala, onde Grete dormia desde que os inquilinos tinham se mudado para lá, abriu-se. Ela estava toda vestida, como se nem tivesse dormido, e seu rosto pálido também parecia apontar para isso.

— Morto? — disse *Frau* Samsa, olhando, com um ar interrogativo, para a faxineira, ainda que ela mesma fosse capaz de verificar tudo, e até mesmo de reconhecer o que acontecera sem precisar verificar nada.

— É o que me parece — disse a faxineira e, para provar o que dizia, empurrou com a vassoura o cadáver de Gregor um tanto mais para o lado.

Frau Samsa fez um gesto, como se quisesse segurar a vassoura, mas não o fez.

— Então — disse *Herr* Samsa —, agora podemos dar graças a Deus.

Ele fez o sinal da cruz e as três mulheres seguiram seu exemplo. Grete, que olhava fixamente para o cadáver, disse:

— Vejam como ele estava magro. Fazia tanto tempo que não comia nada. Assim como a comida entrava no quarto, saía.

De fato, o corpo de Gregor estava completamente seco e achatado. Só agora, que ele já não era sustentado pelas patinhas, e que já não havia nada para desviar o olhar, era possível reconhecer aquilo.

— Venha um pouco conosco, Grete — disse *Frau* Samsa, com um olhar tristonho, e Grete, não sem voltar a olhar mais uma vez para o cadáver, seguiu os pais até o outro quarto.

A faxineira fechou a porta e abriu completamente a janela. Ainda que fosse cedo de manhã, havia algo de morno no ar fresco. Pois já estavam no fim de março.

Os três inquilinos saíram do seu quarto e, atônitos, procuraram seu café da manhã. Eles tinham sido esquecidos.

— Onde está o café da manhã? — perguntou, rabugento, o homem do meio à faxineira.

Ela, porém, colocou o dedo diante da boca e acenou, em silêncio, impetuosamente, para os senhores, para que eles entrassem no quarto de Gregor. E eles, de fato, entraram e ficaram ali, com as mãos nos bolsos dos paletós um pouco desgastados, no quarto já totalmente claro, em torno do cadáver de Gregor.

E então a porta do outro quarto se abriu e *Herr* Samsa apareceu, vestido com seu libré, dando um braço para a mulher e o outro para a filha. Todos estavam um pouco chorosos, e Grete, a cada tanto, pressionava o rosto contra o braço do pai.

— Saiam imediatamente do meu apartamento! — disse *Herr* Samsa, apontando para a porta, sem deixar que as mulheres se afastassem dele.

— O que o senhor quer dizer com isso? — disse o homem do meio, um tanto entristecido, com um sorriso doce. Os outros dois permaneceram com as mãos nas costas, esfregando-as ininterruptamente, como se estivessem aguardando, com alegria, o início de uma grande briga, cujo resultado necessariamente lhes seria favorável.

— Quero dizer exatamente o que estou dizendo — respondeu *Herr* Samsa e avançou, junto com suas duas acompanhantes, em direção ao inquilino.

Este, primeiro, permaneceu imóvel ali, olhando para o chão, como se as coisas estivessem se rearranjando em uma nova ordem dentro de sua cabeça.

— Então vamos — disse ele, erguendo o olhar em direção a *Herr* Samsa como se, subitamente tomado de humildade, estivesse pedindo uma nova permissão para essa decisão.

Herr Samsa assentiu várias vezes com a cabeça, arregalando os olhos. E, em seguida, o senhor de fato dirigiu-se, com passos largos, à antessala. Seus dois amigos ouviam atentamente, com as mãos imóveis, e agora saltitavam atrás dele, como se temessem que *Herr* Samsa pudesse chegar à antessala antes deles, perturbando sua ligação com o chefe. Na antessala, os três apanharam seus chapéus do mancebo, sacaram suas bengalas do porta-bengalas, curvaram-se, em silêncio, e deixaram o apartamento. Com uma desconfiança que se mostrou inteiramente infundada, *Herr* Samsa saiu para o saguão, junto com as duas mulheres. Apoiados na balaustrada, eles viram os três senhores descerem pela longa escadaria, devagar, mas em ritmo constante, desaparecendo, em cada andar, em determinada curvatura da escadaria, voltando, então, a surgir depois de alguns instantes. E, quanto mais eles desciam, mais desaparecia o interesse da família Samsa por eles, e então, quando um rapaz do açougue veio em direção a eles, carregando sobre a cabeça a carne, com uma postura orgulhosa, e logo os ultrapassou, subindo, *Herr*

Samsa deixou a balaustrada com as mulheres, e todos voltaram para o apartamento, como se estivessem aliviados.

Eles decidiram dedicar o dia de hoje ao descanso e aos passeios. Eles não só mereciam essa interrupção em seu trabalho, como também precisavam dela, obrigatoriamente. E assim se sentaram à mesa para escrever três cartas de desculpas: *Herr* Samsa para a direção do banco, *Frau* Samsa para quem lhe encomendava o serviço de costuras e Grete para seu gerente. Enquanto eles escreviam, a faxineira entrou para dizer que estava indo embora, pois terminara de fazer o serviço matinal. Primeiro, os três apenas assentiram com a cabeça, sem erguer os olhos. Só quando a faxineira ainda tardava em se afastar é que olharam irritados para ela.

— Então? — perguntou *Herr* Samsa.

A faxineira estava parada, junto à porta, sorrindo, como se tivesse alguma ótima notícia a anunciar para a família, mas que só daria se fosse interrogada com insistência. A pequena pena de avestruz que ficava quase em posição vertical em seu chapéu, e que incomodava *Herr* Samsa desde que ela começara a trabalhar ali, balançava suavemente em todas as direções.

— Então, afinal, o que a senhora quer? — perguntou *Frau* Samsa, que era, entre todos, a quem a faxineira ainda mais respeitava.

— Bem — respondeu a faxineira, incapaz de continuar a falar por causa de sua risada amistosa —, vocês não precisam se preocupar com a remoção da coisa do quarto ao lado. Já está tudo resolvido.

Frau Samsa e Grete voltaram a se abaixar em direção às suas cartas, como se quisessem continuar a escrever. *Herr* Samsa, que percebeu que a faxineira queria começar a descrever tudo, detalhadamente, fez um gesto decisivo com a mão, para dissuadi-la. E, como ela não recebera permissão para contar, lembrou-se de que estava com muita pressa e exclamou, evidentemente ofendida:

— Até loguinho para todos.

Voltou-se, impetuosamente, e deixou o apartamento, batendo a porta abruptamente.

— Hoje à noite vamos demiti-la — disse *Herr* Samsa, mas não recebeu resposta, nem da mulher, nem da filha, pois a faxineira parecia ter perturbado novamente a tranquilidade que elas mal tinham sido capazes de recuperar.

Elas se levantaram, aproximaram-se da janela e permaneceram ali, abraçadas. *Herr* Samsa virou-se, na cadeira, em direção a elas, observando-as, por um instante, em silêncio. E então exclamou:

— Venham para cá. Deixem, de uma vez por todas, para trás o que aconteceu. E tenham um pouco de consideração por mim.

Logo as mulheres o seguiram, correram em direção a ele, o acariciaram e terminaram, rapidamente, suas cartas.

E então os três deixaram o apartamento, juntos, algo que havia meses não faziam, e tomaram o bonde elétrico até um lugar fora da cidade. O vagão, no qual eles eram os únicos passageiros, estava iluminado pelos raios quentes do sol. Confortavelmente reclinados em seus assentos, eles conversavam sobre suas perspectivas para o futuro, e estas, quando examinadas atentamente, não pareciam nada ruins, pois os empregos dos três, a respeito dos quais ainda nunca tinham perguntado nada uns aos outros, eram bastante vantajosos e principalmente promissores para o futuro. A principal das melhorias imediatas de sua situação decerto resultaria, com facilidade, de uma mudança. Eles queriam se mudar para um apartamento menor, mais barato, porém mais bem localizado e mais prático do que aquele, que ainda tinha sido escolhido por Gregor. Enquanto conversavam assim, ocorreu quase simultaneamente a *Herr* e *Frau* Samsa, que observavam a filha cada vez mais animada, que nos últimos tempos, apesar de todos os problemas, que tinham empalidecido suas faces, ela havia florescido, tornando-se uma moça bonita e opulenta. Silenciando, e falando um com o outro de maneira quase inconsciente, por meio de olhares, eles pensaram que era chegado o tempo de encontrar um bom marido para ela. E foi para eles como uma confirmação de seus novos sonhos e de suas boas intenções quando, chegando ao destino de sua viagem, a filha se levantou, primeiro, espreguiçando seu corpo jovem.

O veredicto

Uma história

Para F.

Era uma manhã de domingo, na mais linda primavera. Georg Bendemann, um jovem comerciante, estava sentado em seu quarto, no primeiro andar de um dos prédios baixos, construídos com simplicidade, que se estendiam ao longo do rio, numa longa fileira, diferenciando-se entre si apenas na altura e na cor. Ele acabara de escrever uma carta a um amigo de juventude, que se encontrava no exterior, fechava o envelope, com uma lentidão brincalhona, e, então, com os cotovelos apoiados na escrivaninha, olhou pela janela para o rio, a ponte e as colinas na outra margem, com seu verde delicado.

Ele pensava em como esse amigo, insatisfeito com o progresso de sua vida em casa, literalmente fugira para a Rússia, anos antes. Agora, ele dirigia um negócio em Petersburgo, que começara muito bem, mas já há muito tempo parecia estacionar, conforme se queixava o amigo, em suas visitas cada vez mais raras. E, assim, ele se exauria, trabalhando no exterior. Sua barba, de aparência estrangeira, mal lhe cobria o rosto, que lhe era bem conhecido desde a infância, e cuja coloração amarelada parecia sugerir o desenvolvimento de alguma doença. Segundo contava, ele não tinha uma ligação genuína com a colônia de seus conterrâneos, lá, e também quase nenhum relacionamento social com as famílias locais. Assim, resignava-se a uma vida de solteiro definitiva.

O que se haveria de escrever a um homem assim, que evidentemente perdera seu caminho, a quem se podia lastimar, porém a quem não se podia ajudar? Será que deveria aconselhá-lo a voltar para casa, a mudar-se para cá, a retomar as antigas amizades e relacionamentos — e não havia nenhum tipo de impedimento a isso — e, de resto, a confiar na ajuda dos amigos? Mas isso não significava outra coisa senão dizer-lhe, ao mesmo tempo, que todas as tentativas que fizera, até agora, tinham sido malogradas; que ele, por fim, deveria desistir; que ele deveria voltar e permitir a todos que passassem a olhá-lo como um retornado, com espanto e com olhos arregalados; que só seus amigos sabiam de alguma coisa e que ele era uma criança velha, que simplesmente teria que seguir os passos dos seus amigos bem-sucedidos, que haviam permanecido em casa. E, quanto mais cuidadosamente aquilo fosse dito, tanto mais o ofenderia. E, além disso, havia algum tipo de certeza de que todos os esforços que se impunham a ele dessa forma trariam algum resultado? Talvez ele nem sequer seria capaz de trazê-lo de volta para casa — pois ele mesmo dizia que já não compreendia as circunstâncias em sua terra-mãe — e assim, apesar de tudo, permaneceria em sua distância, amargurado pelos conselhos e ainda mais afastado dos amigos. Mas se, de fato, ele aceitasse o conselho e se sentisse oprimido aqui — evidentemente não de propósito, mas por força das circunstâncias —, não se sentindo à vontade junto de seus amigos, e tampouco sem eles; se ele passasse vergonha de agora realmente não ter mais lar nem amigos, não seria muito melhor para ele permanecer no estrangeiro, como estava agora? Será que, diante de circunstâncias como aquelas, seria possível acreditar que, de fato, ele ainda era capaz de fazer algum progresso por aqui?

Por esses motivos, se é que se queria manter viva a correspondência por carta com ele, não seria possível lhe dizer as coisas assim, diretamente, como se faria, sem nenhum receio, até mesmo ao mais distante dos conhecidos. Já havia três anos que o amigo não vinha para casa, e a explicação muito precária que ele dava para isso era a incerta situação política na Rússia, que não permitia a um pequeno homem de negócios como ele nem mesmo a mais breve ausência. Enquanto isso, centenas de milhares de russos viajavam, tranquilamente, pelo mundo. Ao longo desses três anos, porém, muita coisa havia mudado na vida de Georg. Sobre a morte da mãe de Georg, que ocorrera havia cerca de dois anos, e depois da qual Georg passara a viver só junto com seu velho pai, o amigo ainda ficara sabendo, e tinha expressado suas condolências numa carta, com certa secura, cuja explicação só poderia ser o fato de que a tristeza diante de um acontecimento como aquele se torna completamente inimaginável a distância. Mas agora, e desde aquele tempo, Georg tomara a condução dos seus negócios com grande determinação, como, aliás, fazia com tudo o mais. Talvez o pai, que enquanto a mãe vivia só queria que sua própria opinião valesse nos negócios, o tivesse impedido de ter uma atividade realmente sua. Talvez, desde a morte da mãe, o pai se tornara mais retraído, embora continuasse a trabalhar no negócio, e talvez — o que, aliás, era bem provável — acasos favoráveis tivessem desempenhado um papel importante. Seja como for, ao longo dos últimos dois anos, os negócios tinham se desenvolvido de maneira totalmente inesperada. O número de empregados tivera que ser duplicado, o faturamento se multiplicara por cinco, e não havia dúvida de que se vislumbravam novos progressos.

O amigo, porém, não tinha ideia dessa mudança. Antes, talvez pela última vez naquela carta de condolências, ele tentara persuadir Georg de emigrar para a Rússia, alongando-se na descrição das perspectivas que se abriam, justamente para o ramo de negócios em que Georg atuava, em Petersburgo. As cifras eram insignificantes ante as dimensões que os negócios de Georg tinham alcançado agora. Mas Georg não tivera vontade de escrever ao amigo a respeito dos seus sucessos comerciais e, se o fizesse agora, depois que tudo já acontecera, aquilo realmente pareceria estranho.

E assim Georg limitava-se a escrever ao amigo apenas a respeito de incidentes insignificantes, como os que, quando a pessoa se põe a pensar, num domingo tranquilo, se amontoam, desordenadamente, na memória. Ele queria apenas conservar inalterada a ideia que o amigo fizera da cidade natal naquele longo ínterim, e com a qual se habituara. E assim acontecia que Georg anunciava o noivado de alguma pessoa indiferente com alguma moça igualmente indiferente em três cartas diferentes, escritas em intervalos bastante extensos, até que, então, contrariamente às intenções de Georg, o amigo de fato começasse a se interessar por esse acontecimento particular.

De fato, Georg preferia lhe escrever sobre coisas assim a confessar que ele mesmo, havia um mês, se tornara noivo de certa *Fräulein* Frieda Brandenfeld, uma moça de família abastada. Frequentemente, ele falava com a noiva sobre esse amigo e sobre as peculiaridades da correspondência que mantinham.

— Quer dizer que ele não virá para o nosso casamento — disse ela —, mas eu tenho o direito de conhecer todos os seus amigos.

— Eu não quero incomodá-lo — respondeu Georg —, entenda-me, provavelmente ele viria, pelo menos eu acho que viria, mas ele se sentiria forçado a fazê-lo, e também prejudicado, talvez me invejaria, e certamente se veria forçado a voltar, infeliz, incapaz de jamais afastar essa infelicidade, e sozinho. Sozinho — você sabe o que isso significa?

— Sim, mas será que ele não ficará sabendo a respeito de nosso casamento de alguma outra maneira?

— Isso eu não tenho como impedir, mas, diante do tipo de vida que ele leva, é improvável.

— Se você tem amigos assim, Georg, você não deveria ter ficado noivo.

— Sim, nós dois temos culpa disso, mas agora eu também não queria que as coisas fossem diferentes.

E quando, então, ofegando em meio aos beijos dele, ainda disse: — Na verdade, isso me ofende —, ele considerou que realmente não havia perigo em escrever ao amigo e contar-lhe tudo. "Assim eu sou, e assim ele terá que me aceitar", disse ele, consigo mesmo, "não posso tirar de dentro de mim mesmo uma pessoa, que talvez seja mais adequada à amizade com ele do que eu mesmo sou".

E, de fato, relatou seu noivado ao amigo, numa longa carta, que escreveu naquele domingo de manhã, com as seguintes palavras: "A melhor de todas as notícias eu guardei para o final. Fiquei noivo de *Fräulein* Frieda Brandenfeld, uma moça de família abastada, que só veio viver aqui muito tempo depois da sua viagem, e que, portanto, dificilmente você pode conhecer. Ainda haverá oportunidade de lhe contar mais a respeito da minha noiva, por hoje basta que eu lhe diga que estou muito contente e que, em nossa relação recíproca, a única mudança está no fato de que, agora, você terá em mim, em vez de um amigo comum, um amigo feliz. Além disso, você ganha, com minha noiva, que lhe manda saudações cordiais, e que em breve lhe escreverá, pessoalmente, uma amiga verdadeira, algo que, para um homem solteiro, não é desprovido de significado. Eu sei que muitas coisas impedem você de nos fazer uma visita. Mas será que meu casamento não seria a oportunidade adequada para esquecer, por uma vez, todos os impedimentos? Mas, seja como for, faça como for melhor para você e não se preocupe comigo".

Com essa carta na mão, Georg permaneceu por muito tempo sentado junto à escrivaninha, com o rosto voltado para a janela. Mal respondeu com um sorriso distante à saudação de um amigo que passava e que o cumprimentou da rua.

Por fim, ele enfiou a carta no bolso e saiu de seu quarto, atravessando um pequeno corredor em direção ao quarto do pai, no qual havia meses não entrava. E não existia nenhum motivo para que ele o fizesse, pois estava constantemente em contato com o pai, no trabalho. Eles almoçavam juntos, num restaurante, mas à noite cada qual comia o que queria, por si só. Ainda assim, permaneciam sempre um pouco em sua sala de estar comum, na maioria das vezes cada qual com seu jornal, a menos que Georg, como costumava acontecer na maioria das vezes, estivesse com amigos ou, agora, estivesse visitando a noiva.

Georg espantou-se com a escuridão no quarto do pai, mesmo naquela manhã ensolarada. Era tão grande a sombra projetada pelo muro alto que se erguia do outro lado do pátio! O pai permanecia sentado junto à janela, num canto enfeitado com diversas lembranças da falecida mãe, e lia o jornal, mantendo-o de lado, diante dos olhos, e assim tentando compensar alguma fraqueza de sua visão. Sobre a mesa, estavam os restos do café da manhã, do qual, aparentemente, pouco fora consumido.

— Ah, Georg! — disse o pai, logo se aproximando dele. Seu roupão pesado se abriu, enquanto ele caminhava, e as pontas esvoaçavam à sua volta. "Meu pai ainda é um gigante", pensou Georg.

— Aqui está insuportavelmente escuro — disse ele, então.

— Sim, a escuridão é tão bonita — respondeu o pai.

— Você também fechou a janela?

— Prefiro assim.

— Mas está bem quente lá fora — disse Georg, como se estivesse acrescentando algo ao que já dissera antes, e sentando-se.

O pai retirou a louça do café da manhã e a colocou sobre um armário.

— Na verdade, só queria lhe dizer — continuou Georg, que acompanhava, distraidamente, os movimentos do velho — que acabei anunciando a meu amigo em Petersburgo o meu noivado.

Ele tirou uma ponta da carta de dentro do bolso e deixou-a cair novamente para dentro.

— Em Petersburgo? — perguntou o pai.

— Sim, meu amigo em Petersburgo — disse Georg, buscando os olhos do pai. "No trabalho, ele é totalmente diferente", pensou, "como ele parece grande, aqui, com seus braços cruzados sobre o peito".

— Sim, seu amigo — disse o pai, num tom enfático.

— Você sabe que, de início, eu pretendia esconder dele o meu noivado. Apenas por uma questão de consideração, e por nenhum outro motivo. Você sabe que ele é uma pessoa difícil. Por outro lado, eu dizia a mim mesmo que ele poderia vir a ficar sabendo de meu noivado de alguma outra maneira, ainda que, ante seu modo de vida solitária, isso fosse bem pouco provável — e eu não teria como impedir que isso acontecesse. Mas decidi que, por mim, por enquanto, ele não haveria de ficar sabendo.

— E agora você resolveu pensar de outra maneira? — perguntou o pai, apoiando o grande jornal sobre o largo peitoril da janela, colocando os óculos sobre o jornal e cobrindo-os com a mão.

— Sim, agora eu resolvi pensar de outra maneira. Se ele é meu bom amigo, disse comigo mesmo, então meu noivado feliz será também uma felicidade para ele. E, por isso, não hesitei em informá-lo. Mas, antes de despachar a carta, queria dizer isso a você.

— Georg — disse o pai, escancarando a boca desdentada —, ouça! Você veio me procurar por causa desse assunto, para ouvir meu conselho. Isso é, sem dúvida nenhuma, algo de que você pode se orgulhar. Mas não adiantará nada, isso será menos do que nada, se você não me disser toda a verdade agora. Eu não quero tocar em assuntos que não cabem aqui. Desde a morte de nossa querida mãe, aconteceram algumas coisas nada bonitas. Talvez chegue o tempo para tratar dessas coisas, e talvez esse tempo chegue antes do que nós esperamos. No trabalho, há certas coisas que me escapam, que talvez me sejam ocultadas — mas não quero, de maneira nenhuma, supor que essas coisas me estejam, de fato, sendo ocultadas — e eu já não tenho forças suficientes, minha memória me escapa. Já não sou capaz de manter os olhos sobre tudo. Este é, em primeiro lugar, o caminho da natureza, e, em segundo lugar, a morte de nossa mamãe me abateu muito mais do que a você. Mas, já que estamos tratando desse assunto, eu lhe peço, Georg, não me engane. Trata-se de uma ninharia, de algo que não vale um suspiro, portanto não me engane. Você tem mesmo esse amigo em Petersburgo?

Georg levantou-se, constrangido.

— Deixemos de lado meus amigos. Mil amigos não são capazes de substituir meu pai para mim. Você sabe o que eu acho? Que você não se cuida suficientemente bem. Mas a idade tem suas exigências. No trabalho, você me é indispensável, e você sabe muito bem disso. Mas se o trabalho for ameaçar sua saúde, eu encerrarei os negócios para sempre, amanhã mesmo. Assim não pode ser. Precisamos começar outro tipo de vida para você, completamente diferente. Você permanece sentado aqui, na escuridão, enquanto na sala há uma linda claridade. Você apenas come umas migalhas do seu café da manhã, em vez de se alimentar direito. Você permanece com a janela fechada, quando, na verdade, o ar fresco lhe faria bem. Não, pai! Vou chamar o médico, e nós seguiremos as recomendações dele. Vamos trocar de quarto. Você vai se mudar para o quarto da frente e eu para cá. Para você, isso não significará uma mudança, todas as minhas coisas serão trazidas para cá. Mas para tudo isso há tempo. Agora, deite-se um pouco mais na cama, você precisa, absolutamente, descansar. Venha, vou ajudar você a se trocar, você vai ver, eu sou capaz de fazê-lo. Ou, se você já quiser ir agora para o quarto da frente, você poderá se deitar, por enquanto, na minha cama. Aliás, isso seria uma ideia bem razoável.

 Georg estava em pé junto ao pai, que deixara a cabeça com a cabeleira branca e desgrenhada cair sobre o peito.

 — Georg — disse o pai, sem se mexer.

 Georg se ajoelhou junto ao pai, olhando para as pupilas no seu rosto cansado, exageradamente grandes, voltadas para ele nos cantos dos olhos.

 — Você não tem nenhum amigo em Petersburgo. Você foi sempre um piadista e nem mesmo diante de mim você se intimidou. Como seria possível que você tivesse um amigo lá! Não tenho como acreditar nisso.

 — Pense mais um pouco, pai — disse Georg, levantando-o da cadeira e tirando-lhe o roupão, enquanto ele permanecia ali, em pé, debilitado —, logo terão passado três anos desde que meu amigo esteve aqui nos visitando. Eu me lembro de que você não gostava muito dele. Pelo menos duas vezes eu o escondi de você, embora ele estivesse comigo, no meu quarto. Compreendo muito bem a antipatia que você tem por ele, meu amigo tem lá suas peculiaridades. Mas, apesar disso, você até que se divertiu bastante com ele. Naquela época, eu ainda me orgulhei tanto por você tê-lo ouvido, indagado e concordado com ele. Se você pensar um pouco, certamente vai se lembrar. Àquela época, ele contou histórias inacreditáveis sobre a Revolução Russa. Como, por exemplo, sobre aquela viagem de negócios que ele fez a Kiev, durante a qual viu, em meio a um tumulto, um sacerdote, num terraço, que cortou na palma da própria mão um grande crucifixo de sangue, erguendo-a e clamando para a multidão. Você mesmo repetiu essa história algumas vezes.

Enquanto isso, Georg conseguira fazer com que o pai voltasse a se sentar, tirando-lhe, cuidadosamente, a calça de malha, que ele usava por cima das ceroulas de linho, e as meias. Ao ver aquela roupa de baixo, que não estava particularmente limpa, ele repreendeu a si mesmo por negligenciar o pai. Certamente, também era parte de suas obrigações zelar sobre a troca de roupas do pai. Ele ainda não falara detalhadamente com sua noiva sobre como o pai haveria de viver no futuro, e, silenciosamente, tinham suposto que o pai permaneceria sozinho no antigo apartamento. Mas, agora, ele decidiu, com rapidez e com toda a determinação, que levaria o pai consigo para a nova casa. Pensando bem, parecia que os cuidados que seriam prestados ao pai ali talvez chegassem tarde demais.

Ele carregou o pai para a cama, nos braços. Teve uma sensação terrível ao perceber que, durante aqueles poucos passos em direção à cama, o pai brincava com a corrente do relógio sobre seu peito. Ele nem mesmo foi capaz de colocar o pai logo na cama, tal era a força com a qual o pai se agarrava àquela corrente de relógio.

Mas, mal ele se deitou na cama, tudo parecia estar bem. Ele se cobriu e então ainda puxou o cobertor bem para cima dos ombros. Olhou para Georg, sem hostilidade.

— Não é verdade que você agora se lembra dele? — perguntou Georg, balançando a cabeça para ele e animando-o.

— Agora estou bem coberto? — perguntou o pai, como se fosse incapaz de ver se seus pés estavam cobertos.

— Então, você se sente bem na cama? — disse Georg, envolvendo-o melhor com a coberta.

— Estou bem coberto? — perguntou o pai novamente, parecendo prestar especial atenção à resposta.

— Fique tranquilo, você está bem coberto.

— Não! — exclamou o pai, interrompendo a pergunta com a resposta, jogando o cobertor para trás com tanta força que, por um instante, voando, ele se estendeu completamente no ar. Ergueu-se, então, na cama. Com uma mão, apoiava-se levemente no teto. — Você queria me cobrir, eu sei, meu pequeno fruto, mas coberto eu ainda não estou. E, ainda que essas sejam as minhas últimas forças, elas são suficientes para dar conta de você, são até demais para você! Eu conheço bem seu amigo. Ele é o filho que eu gostaria de ter, e também é por isso que você o enganou durante o ano inteiro. Por qual outro motivo senão esse? Você acha que eu não chorei por ele? É por isso que você se tranca no seu escritório, ninguém pode incomodá-lo, o chefe está ocupado, só para que você possa escrever suas cartinhas mentirosas para a Rússia. Mas, por sorte, ninguém precisa ensinar ao pai como enxergar o que o seu filho está tramando. Como agora, quando você imaginava que o tinha dominado, que o tinha dominado de tal maneira que poderia até mesmo se sentar com o seu traseiro em cima dele, e que ele permaneceria imóvel. E então o senhor meu filho resolveu se casar!

Georg ergueu os olhos, olhando para a figura assustadora do pai. O amigo de Petersburgo, que agora, subitamente, o pai conhecia tão bem, tomou conta da sua imaginação como nunca. Ele o via perdido na vasta Rússia. Ele o via diante de sua loja, vazia e saqueada. E ele estava ali, em meio aos escombros das prateleiras, das mercadorias esgarçadas e da tubulação de gás, que despencava. Por que ele tinha ido para um lugar tão distante?

— Mas olhe para mim! — exclamou o pai, e Georg correu, em direção à cama, atrapalhado, tentando compreender tudo aquilo, mas deteve-se na metade do caminho.

— Porque ela levantou suas saias — começou o pai a cantarolar —, porque ela levantou as saias daquele jeito, aquela nojenta — e então, representando o que dizia, ergueu sua camisa tão alto que, em sua coxa, era possível ver a cicatriz dos seus tempos de guerra —, porque ela levantou as saias assim e assim e assim você se juntou a ela, e, para que você pudesse se satisfazer com ela sem ser incomodado, você desonrou a memória da nossa mãe, e traiu seu amigo, e enfiou seu pai na cama, para que ele não tenha como se mexer. Mas ele ainda é capaz de se mexer, ou não?

E, equilibrando-se perfeitamente, ele chutava as pernas para o alto, e a inteligência brilhava em seu rosto.

Georg permanecia num canto, tão longe quanto possível do pai. Há muito tempo, ele se decidira a observar tudo com muita atenção, para evitar ser tomado de surpresa por imprevistos. E, agora, voltava a se lembrar da decisão há tanto tempo esquecida, e a esquecia, novamente, como alguém que puxa um fio curto pelo buraco de uma agulha.

— Mas o amigo ainda não foi traído! — exclamou o pai, balançando seu indicador de um lado para o outro, e assim reforçando o que dizia. — Eu fui o representante dele aqui.

— Comediante! — Georg exclamou, sem conseguir se conter, imediatamente reconhecendo o dano causado e, com os olhos arregalados, mordeu a língua com tanta força que se encolheu de dor.

— Sim, de fato, eu estava representando uma comédia! Uma comédia! Boa palavra! Que outro consolo resta ao velho pai viúvo? Diga, e durante a resposta, seja novamente meu filho, que mais me restava, confinado no meu quarto dos fundos, perseguido por empregados infiéis, com meus velhos ossos? E meu filho andava pelo mundo, em júbilo, fechando os negócios que eu tinha preparado, refestelando-se de prazeres, enquanto passava diante de seu pai, com o rosto severo de um homem honrado! Você achava que eu não amava você, eu, de quem você nasceu?

"Agora ele vai se curvar para a frente", pensou Georg, "ah, se ele caísse e se arrebentasse!". Essas palavras sibilavam em sua cabeça.

O pai se inclinou para a frente, mas não caiu. Como Georg não se aproximou, como o pai esperava que faria, voltou a erguer-se.

— Fique aí onde você está! Não preciso de você! Você acha que ainda tem forças para vir até aqui e que só se mantém onde está porque quer. Mas não se engane! Eu ainda sou, de longe, o mais forte entre nós dois. Se eu estivesse sozinho, talvez teria que recuar, mas assim como estou, a mãe me entregou suas forças, eu estabeleci um ótimo relacionamento com seu amigo, e, quanto à sua clientela, eu a tenho aqui, no meu bolso!

"Até na camisa ele tem bolsos!", disse Georg, consigo mesmo, achando que, com tal observação, seria capaz de fazê-lo parecer, a todos, uma criatura impossível. Mas foi só por um instante que pensou naquilo, pois costumava, sempre, esquecer-se de tudo.

— Enganche-se na sua noiva e venha me enfrentar! Eu vou fazê-la sumir do seu lado, e você nem vai ficar sabendo como!

Georg fez caretas, como se não acreditasse no que via. O pai apenas assentiu com a cabeça, em direção ao canto onde Georg se encontrava, reafirmando, assim, a veracidade do que dizia.

— Como você me divertiu, hoje, quando apareceu e me perguntou se deveria escrever a seu amigo sobre seu noivado! Ele sabe de tudo, seu garoto tolo, ele sabe de tudo! Eu escrevo sempre para ele, porque você se esqueceu de me privar dos meus instrumentos de escrita. E é por isso que já há anos ele não vem para cá, ele sabe de tudo cem vezes melhor do que você. Suas cartas, ele as amassa sem lê-las, com a mão esquerda, enquanto, com a direita, segura as minhas diante de si, lendo-as!

Ele sacudia o braço por sobre a cabeça de tanto entusiasmo. — Ele sabe de tudo mil vezes melhor! — exclamou.

— Dez mil vezes! — disse Georg, para ridicularizar o pai, mas aquelas palavras, ainda em sua boca, tomaram um tom mortalmente sério.

— Já há anos estou esperando você com essa pergunta. Você acha que eu estou preocupado com alguma outra coisa? Você acha que eu leio jornais? Tome! — e jogou para Georg uma folha de jornal que, de algum jeito, tinha levado consigo para a cama. Um jornal antigo, cujo nome era totalmente desconhecido para Georg.

— Quanto tempo você hesitou até amadurecer! A mãe teve que morrer, não pôde viver o dia da alegria, seu amigo está se acabando na Rússia dele, e já há três anos ele estava tão amarelo que parecia pronto para ser jogado fora, e eu, você já está vendo a situação na qual eu me encontro. Para isso, você tem olhos!

— Então você estava me espreitando! — exclamou Georg.

Com pena, o pai acrescentou:

— Isso é algo que você provavelmente queria dizer antes. Mas, agora, isso é totalmente irrelevante — e, num tom de voz mais alto: — Agora, portanto, você sabe que existiam outras coisas além de você mesmo, até agora você só sabia sobre si mesmo! Você, na verdade, era uma criança inocente, mas, mais do que isso, você era uma pessoa demoníaca! E, por isso, fique sabendo: eu agora sentencio você à morte por afogamento!

Georg sentiu-se expulso do quarto. Levou nos ouvidos, ainda, o baque com o qual o pai caiu sobre a cama, às suas costas. Na escadaria, sobre cujos degraus ele corria como se estivesse sobre uma superfície plana, ele surpreendeu sua criada, que estava subindo a escada para arrumar o apartamento depois da noite.

— Jesus! — exclamou ela, cobrindo o rosto com o avental, mas ele já desaparecera. Saltou do portão para a pista. A água o atraía. Ele já estava segurando a balaustrada, como um faminto segura seu alimento. E lançou-se sobre ela, o excelente ginasta, que em seus anos de juventude fora o orgulho dos pais. Ainda se segurava com as mãos, que se tornavam cada vez mais fracas, espiando um ônibus pelo meio das hastes da balaustrada, cujo ruído facilmente abafaria o da sua queda. E então disse, em voz baixa:

— Queridos pais, eu sempre amei vocês.

E deixou-se despencar.

Naquele instante, justamente, fazia-se sobre a ponte um movimento interminável.

3

Diante da lei

Diante da lei encontra-se um porteiro. Um camponês se aproxima desse porteiro e pede para entrar na lei. Mas o porteiro diz que agora não pode lhe permitir a entrada. O camponês pensa e então pergunta se poderá entrar mais tarde.

— É possível — diz o porteiro —, mas agora não.

Como o portão da lei permanece aberto, como sempre, e como o porteiro recua para o lado, o homem se abaixa para olhar o interior através do portão. Quando o porteiro percebe isso, ri e diz:

— Se você se sente tão atraído, tente entrar, apesar da minha proibição. Mas note bem: eu sou poderoso. E eu sou apenas o último dos porteiros. Mas de sala em sala há porteiros, cada qual mais poderoso do que o outro. Eu mesmo nem sequer sou capaz de suportar o olhar do terceiro.

O camponês não esperava por tais dificuldades, pois a lei deve estar sempre ao alcance de todos, pensa ele, mas agora, enquanto olha com mais atenção para o porteiro, com seu casaco de pele, com seu nariz grande e arrebitado, com a barba tártara comprida, fina e negra, ele resolve que é melhor esperar até receber permissão para entrar. O porteiro lhe dá um banquinho e lhe diz para sentar ao lado da porta. E lá ele permanece sentado, por anos a fio. Ele faz muitas tentativas de obter permissão para entrar e cansa o porteiro com seus pedidos. O porteiro sempre realiza pequenas audiências com ele, o interroga a respeito de sua terra-mãe e a respeito de muitas outras coisas. Mas são perguntas desinteressadas, como aquelas feitas pelos grandes senhores.

Por fim, ele volta sempre a lhe dizer que ainda não pode permitir sua entrada. O homem, que se preparou com muitas provisões para sua viagem, dispende tudo, mesmo as coisas mais valiosas, para subornar o porteiro. Este aceita tudo, mas, ao fazê-lo, diz:

— Só aceito para que você não pense que perdeu alguma chance.

Ao longo de muitos anos, o homem observa o porteiro quase ininterruptamente. Ele esquece os outros porteiros, e este primeiro lhe parece ser o único impedimento para sua entrada na lei. Ele amaldiçoa o infeliz acaso. Nos primeiros anos, de maneira imprudente e em voz alta; mais tarde, à medida que envelhece, apenas resmunga diante de si. Ele se torna infantil e, por ter observado atentamente o porteiro, por anos a fio, ele já é capaz de reconhecer até mesmo as pulgas no colarinho do seu casaco de pele e assim pede às pulgas que o ajudem a fazer o porteiro mudar de ideia. Por fim, sua visão enfraquece, e ele não sabe se de fato foi seu entorno que se tornou mais escuro ou se são apenas seus olhos que o enganam. Mas, agora, ele reconhece um brilho, no escuro, que vem da porta da lei e que não pode ser apagado. Agora, ele não vai mais viver por muito tempo. Antes de sua morte, todas as experiências de todo esse tempo se acumulam em sua cabeça e se resumem em uma pergunta, que até então ele ainda não fez ao porteiro. Ele acena em direção a ele, pois, com seu corpo paralisado, já não é capaz de levantar. O porteiro é obrigado a se inclinar profundamente em direção a ele, pois a diferença de tamanho entre os dois aumentou muito.

— O que é que você ainda quer saber? — pergunta o porteiro. — Você é insaciável.

— Todos buscam a lei — diz o homem —, como é possível que, ao longo de todos esses anos, ninguém, fora eu, tenha pedido para entrar?

O porteiro reconhece que o homem já se aproxima do seu fim e, para alcançar sua audição, que está desaparecendo, ele grita, em sua direção:

— Aqui ninguém mais receberia permissão de entrar, pois esta entrada estava reservada apenas para você. E agora vou fechá-la.

4

Na colônia penal

— Trata-se de um aparelho peculiar — disse o oficial ao pesquisador viajante, e contemplou, com um olhar um tanto admirado, o aparelho que já lhe era bem conhecido.

Parecia que o viajante só aceitara por uma questão de cortesia o convite do comandante, que o exortara a presenciar a execução de um soldado condenado por insubmissão e por ofensa a um superior hierárquico. Mesmo na colônia penal, o interesse por aquela execução não era muito grande. Pois, naquele vale estreito, profundo, arenoso, cercado de penhascos desertos, estavam apenas, além do oficial e do viajante, o condenado, um sujeito estúpido, com uma bocarra, cabelos e rosto descuidados, e um soldado, junto a ele, que segurava uma pesada corrente, à qual estavam atadas as correntes mais finas, por meio das quais o condenado estava preso pelos pulsos, pelos tornozelos e pelo pescoço, e que também estavam ligadas umas às outras por mais correntes. Aliás, o condenado parecia tão caninamente submisso que se tinha a impressão de que se poderia deixá-lo andar livremente pelos penhascos, bastando assoviar, quando fosse a hora do início da execução, para que ele viesse.

O viajante tinha pouco interesse pelo aparelho e andava de um lado para o outro, atrás do condenado, com um desinteresse quase visível, enquanto o oficial tratava dos últimos preparativos, ora rastejando para junto do aparelho, instalado num buraco na terra, ora subindo numa escada, para investigar suas partes superiores. Na verdade, um maquinista é quem deveria incumbir-se daquele serviço, mas o oficial o fazia com grande dedicação, seja porque era especialmente afeiçoado àquele aparelho, seja porque, por algum outro motivo, aquele trabalho não podia ser confiado a ninguém mais.

— Agora está tudo pronto! — exclamou ele, por fim, descendo da escada.

Ele estava extremamente cansado, respirava com a boca completamente aberta e tinha enfiado dois delicados lenços de mulher por dentro do colarinho do uniforme.

— Estes uniformes são pesados demais para os trópicos — disse o viajante, em vez de fazer perguntas a respeito do aparelho, como o oficial esperava.

— Certamente — disse o oficial, lavando as mãos sujas de óleo e gordura num balde de água, já preparado para esse fim —, mas eles significam nossa pátria: não queremos perder a pátria. — Mas, agora, olhe para este aparelho — acrescentou, logo a seguir, secando as mãos com uma toalha e, ao mesmo tempo, apontando para o aparelho. — Até agora, ainda havia necessidade de alguns ajustes manuais. Mas, a partir de agora, o aparelho funciona de maneira totalmente autônoma.

O viajante assentiu com a cabeça e seguiu o oficial. Este tentou precaver-se de todas as eventualidades e então disse:

— Evidentemente ocorrem perturbações, mas espero que hoje nada aconteça. Ainda assim, é preciso estar preparado. Pois o aparelho deve funcionar durante doze horas, ininterruptamente. Se houver alguma perturbação, será muito pequena, e logo será resolvida. O senhor não quer se sentar? — perguntou ele, por fim, tirando uma cadeira de metal de uma pilha e oferecendo-a ao viajante.

Este não teve como recusar. Agora estava sentado à beira de uma vala, para a qual olhou de relance. Não era muito profunda. De um lado da vala, via-se a terra que havia sido tirada de seu interior, num monte; do outro lado, estava o aparelho.

— Não sei — disse o oficial — se o comandante já lhe explicou como funciona o aparelho.

O viajante fez um gesto de cabeça incerto. O oficial não esperou por mais nada, pois agora ele mesmo poderia passar a explicar o funcionamento do aparelho.

— Este aparelho — disse ele, apanhando uma manivela na qual se apoiava — é um invento de nosso comandante anterior. Trabalhei com ele já nos primeiros experimentos e também participei em todos os trabalhos posteriores, até a finalização. Mas o mérito do invento é totalmente dele. O senhor já ouviu falar de nosso comandante anterior? Não? Não estarei exagerando se disser que a instalação da colônia penal inteira foi obra dele. Nós, os amigos dele, já sabíamos, à época da sua morte, que as instalações da colônia são tão perfeitas que seu sucessor, ainda que tivesse mil novos planos na cabeça, ao menos durante muitos anos não seria capaz de mudar nada. E aquilo que previmos concretizou-se: o novo comandante foi obrigado a reconhecê-lo. Uma pena que o senhor não tenha conhecido o comandante anterior! Mas — e o oficial interrompeu sua fala — estou aqui tagarelando e o aparelho dele se encontra aqui na nossa frente. Com o passar do tempo, desenvolveram-se denominações populares para cada uma de suas partes. A parte inferior chama-se cama, a parte superior chama-se desenhador, e esta parte oscilante, do meio, chama-se grade aradora.

— Grade aradora? — perguntou o viajante.

Ele não prestara muita atenção ao ouvir. O sol, confinado no vale sem sombras, tornava-se forte demais e era difícil concentrar os pensamentos. Por isso, o oficial, que, em seu uniforme de solenidades muito apertado, ornamentado com pesados galões nos ombros e do qual pendiam cordas, lhe pareceu ainda mais admirável, pois explicava tudo com muita diligência e, além disso, enquanto falava, tinha em mãos uma chave de fenda, com a qual ainda ajustava este ou aquele parafuso. O soldado parecia estar na mesma disposição de espírito que o viajante. Ele enrolara a corrente do condenado em torno de seus dois pulsos, apoiava-se com a mão em sua arma e deixava pender a cabeça para a frente, sem se preocupar com nada. O viajante não se admirou, pois o oficial falava francês, e era certo que nem o soldado nem o condenado compreendiam francês. Por isso, era muito mais surpreendente que, ainda assim, o condenado se esforçasse por acompanhar as explicações do oficial. Com uma espécie de tenacidade sonolenta, ele sempre dirigia seu olhar ao lugar para o qual o oficial estava apontando e, quando este foi interrompido por uma pergunta do viajante, ele também voltou, como o oficial, seu olhar para o viajante.

— Sim, grade aradora — disse o oficial —, o nome é bem adequado. As agulhas estão dispostas como numa grade aradora, e essa peça é conduzida como se fosse uma grade aradora, ainda que sempre sobre um mesmo lugar, e de maneira muito mais moderna. O senhor logo vai compreender. Aqui, sobre a cama, é colocado o condenado. Primeiro, quero lhe explicar o funcionamento do aparelho para só então dar ordens para que sejam iniciados os procedimentos. Pois assim o senhor poderá acompanhá-los melhor. Uma das engrenagens do desenhador está desgastada e faz um rangido tremendo quando está em funcionamento, de maneira que é quase impossível conversar. Infelizmente aqui é muito difícil conseguir peças de reposição. Portanto, aqui está a cama, como eu disse, que é inteiramente coberta por uma camada de algodão, cuja função o senhor ainda vai compreender. O condenado é colocado de bruços sobre este algodão, evidentemente nu. Aqui há cintas para as mãos, aqui, cintas para os pés, aqui, uma cinta para a cabeça, para prendê-lo. Aqui, na cabeceira da cama, onde o homem, como eu disse, mantém sua cabeça apoiada, está este pequeno pino de feltro, que facilmente pode ser regulado para penetrar na boca do homem. Ele tem como propósito impedi-lo de gritar e morder a língua. Evidentemente o homem tem que aceitar o feltro, caso contrário seu pescoço será quebrado pela cinta.

— Isto aqui é algodão? — perguntou o viajante, inclinando-se para a frente.

— Sim, com certeza — disse o oficial, sorrindo —, toque com seus próprios dedos para sentir.

Ele apanhou a mão do viajante e a conduziu sobre a cama.

— Trata-se de um algodão especialmente preparado, por isso parece a tal ponto irreconhecível. Ainda vou lhe explicar sobre a sua função.

O viajante já estava um pouco interessado no aparelho. Colocando a mão sobre os olhos, para protegê-los do sol, ele olhou para a parte superior do aparelho. Tratava-se de uma grande construção. A cama e o desenhador tinham o mesmo tamanho e se pareciam com dois grandes baús. O desenhador fora montado cerca de dois metros acima da cama, e ambos estavam interligados por quatro hastes de bronze, instaladas nos cantos, e que, sob o sol, pareciam irradiantes. Entre os dois baús, presa a uma tira de aço, oscilava a grade aradora.

O oficial mal reparara na indiferença anterior do viajante, mas agora percebia seu interesse, que despertava. Por esse motivo, fez uma pausa em suas explicações, para deixar tempo ao viajante para observar sem ser incomodado. O condenado imitou o viajante. Como não podia proteger os olhos com a mão, olhou para cima com os olhos nus.

— Assim, portanto, o homem fica deitado — disse o viajante, reclinando-se na cadeira e cruzando as pernas.

— Sim — disse o oficial, empurrando um pouco seu quepe para trás e passando a mão sobre o rosto quente. — Agora, preste atenção! Tanto a cama quanto o desenhador têm suas próprias baterias elétricas: a cama necessita de uma bateria para movimentar-se, e o desenhador necessita de uma bateria para pôr em movimento a grade aradora. Assim que o homem estiver atado, a cama coloca-se em movimento. Ela estremece, com convulsões minúsculas e muito rápidas, movendo-se, simultaneamente, tanto para os lados quanto para baixo e para cima. O senhor certamente viu aparelhos semelhantes em sanatórios, com a diferença de que, no caso da nossa cama, todos os movimentos são precisamente calculados, pois precisam estar bem ajustados aos movimentos da grade aradora. De fato, a execução da sentença fica por conta da grade aradora.

— E qual é a sentença? — perguntou o viajante.

— Ah! Também isso o senhor não sabe? — disse o oficial, espantado, mordendo os próprios lábios. — Desculpe-me se, talvez, minhas explicações sejam desordenadas. Eu lhe peço desculpas. É que, antigamente, quem costumava dar as explicações era o comandante anterior, mas o novo comandante se furta a esse dever de honra. Mas que ele se abstenha de informar um visitante tão ilustre — o viajante tentava afastar semelhante honraria com um gesto, com as duas mãos, mas o oficial insistia naquela expressão — a respeito da forma da execução de nossa sentença é mais uma novidade que... — ele já tinha um insulto nos lábios, mas conteve-se e disse apenas: — Não fui informado a esse respeito. A culpa não é minha. Aliás, eu sou o mais capacitado para explicar as formas de execução das nossas sentenças, pois trago aqui — ele golpeou o bolso sobre seu peito — os desenhos correspondentes do antigo comandante.

— Desenhos à mão feitos pelo próprio comandante? — perguntou o viajante. — Ele fazia tudo? Era soldado, juiz, construtor, químico, desenhista?

— Sim, senhor! — disse o oficial, assentindo com a cabeça, com um olhar paralisado e pensativo.

E, então, olhou para as próprias mãos, analisando-as. Não lhe pareciam limpas o suficiente para tocar nos desenhos. Por isso, foi até o balde e as lavou novamente. Então puxou uma pequena pasta de couro e disse:

— Nossa sentença não parece severa. A lei que o condenado transgrediu é escrita pela grade aradora em seu corpo. Neste condenado, por exemplo — o oficial apontou para o homem —, será escrito: "Honre seu superior!".

O viajante olhou, de relance, para o homem. Enquanto o oficial apontava para ele, ele mantinha a cabeça baixa e parecia concentrar todas suas capacidades auditivas para descobrir alguma coisa. Mas os movimentos dos seus lábios, convulsivamente apertados, tornava evidente que ele seria incapaz de compreender qualquer coisa. O viajante queria perguntar várias coisas. Mas, ao olhar o homem, perguntou:

— Ele conhece sua sentença?

— Não — disse o oficial, já querendo prosseguir com as explicações. Mas o viajante o interrompeu:

— Ele não conhece sua sentença?

— Não — disse, novamente, o oficial, calando-se por um instante, como se quisesse que o viajante justificasse melhor sua pergunta, e então dizendo: — Seria inútil informá-lo. Ele vai senti-la na própria pele.

O viajante já queria calar-se, mas então sentiu que o condenado voltava sobre ele seu olhar. Parecia perguntar se aquele procedimento seria capaz de contar com sua aprovação. Por isso, o viajante, que já tinha se recostado, voltou a inclinar-se para a frente, perguntando:

— Mas ao menos ele sabe que foi condenado?

— Também não — disse o oficial, sorrindo para o viajante, como se esperasse dele ainda alguma observação peculiar.

— Não? — disse o viajante, passando a mão sobre a testa. — Então o homem até agora não sabe como foi feita sua defesa?

— Não lhe foi dada a oportunidade de defender-se — disse o oficial, olhando para o lado, como se estivesse falando sozinho e não quisesse envergonhar o viajante por meio da explicação de semelhantes obviedades.

— Mas ele precisava ter tido a oportunidade de se defender — disse o viajante, levantando-se da cadeira.

O oficial percebeu que corria o risco de ter suas explicações do aparelho interrompidas por um bom tempo. Por isso, ele se aproximou do viajante, apoiou-se em seu braço, apontou com a mão para o condenado, que ergueu a cabeça e estufou o peito agora que, evidentemente, todos prestavam atenção nele — e o soldado puxou a corrente — e disse:

— A coisa funciona da seguinte maneira: eu tenho, aqui na colônia penal, a responsabilidade de ser juiz. Apesar da minha juventude. Pois eu estava ao lado do comandante anterior em todos os assuntos ligados às penalidades e também sou quem melhor conhece o aparelho. O fundamento das minhas decisões é o seguinte: a culpa é, sempre, indubitável. Há outros tribunais que não têm como seguir esse princípio, pois são constituídos de muitas pessoas e também se encontram submetidos a outros tribunais, que lhes são superiores. Mas esse não é o caso, aqui, ou pelo menos não era, à época do comandante anterior. O novo, porém, já mostrou o desejo de se intrometer no meu tribunal. Mas, até o momento, consegui mantê-lo afastado e espero poder continuar a fazê-lo. O senhor queria explicações a respeito deste caso: ele é tão simples quanto todos os demais. Hoje cedo, um capitão fez a denúncia de que esse homem, que lhe é destinado como servente, e que dorme à sua porta, perdeu a hora. Pois ele tem a obrigação de levantar-se, a cada hora que soa, e de fazer continência à porta do capitão. Certamente não se trata de um dever pesado e, além disso, é necessário, pois ele deve permanecer disposto a vigiar tanto quanto a servir. Ontem à noite, o capitão quis ver se o servente cumpria com suas obrigações. Ao soarem duas horas, ele abriu a porta e o avistou dormindo, encolhido. Ele apanhou seu chicote e o chicoteou no rosto. Em vez de se levantar e pedir perdão, o homem agarrou seu senhor pelas pernas, sacudiu-o e exclamou: "Jogue longe esse chicote ou eu vou devorar você". Foi isso que aconteceu. Há uma hora, o capitão veio me procurar. Eu tomei nota de suas acusações e, logo em seguida, da sentença. E, então, mandei acorrentar o homem. Tudo isso foi muito simples. Se, primeiro, eu tivesse chamado o homem e o tivesse interrogado, só teria criado confusão. Ele teria mentido, teria substituído suas alegações, caso eu fosse capaz de desmenti-las, por novas mentiras, e assim por diante. Mas, agora, eu o tenho em mãos e não o largarei mais. Está tudo explicado? Mas o tempo está passando, a execução já deveria ter começado, e eu ainda nem terminei minha explicação sobre o funcionamento do aparelho.

Ele exortou o viajante a sentar-se, aproximou-se, novamente, do aparelho e começou:

— Como o senhor está vendo, a forma da grade aradora corresponde à forma de um homem. Aqui está a grade aradora para o tronco, e aqui estão as grades aradoras para as pernas. Para a cabeça, destina-se apenas esta pequena agulha. O senhor entendeu?

Ele se curvou, gentilmente, diante do viajante, pronto a dar as mais detalhadas explicações.

Com a testa franzida, o viajante olhou para a grade aradora. As informações sobre o processo de julgamento não o haviam deixado satisfeito. Ainda assim, ele era obrigado a admitir que se tratava de uma colônia penal, que regras especiais eram necessárias e que era preciso proceder de maneira militar em todos os assuntos. Além disso, ele tinha certa esperança com relação ao novo comandante, que tinha a intenção de introduzir novos procedimentos, incompreensíveis para esse oficial, embora só aos poucos. Partindo dessa linha de pensamento, o viajante perguntou:

— O comandante vai testemunhar a execução?

— Não tenho certeza — disse o oficial, muito incomodado por aquela pergunta inesperada, e seu rosto amigável se contorceu numa careta: — É exatamente por isso que precisamos nos apressar. Embora eu lamente, terei que abreviar minhas explicações. Mas, amanhã, quando o aparelho já tiver sido limpo — o fato de ele se sujar tanto é seu único defeito —, vou complementar com explicações mais detalhadas. Passemos, agora, para as que são mais necessárias. Quando o homem está deitado sobre a cama, e esta começa a oscilar, a grade aradora desce por sobre o seu corpo. Ela se ajusta automaticamente, de maneira que só as pontas das agulhas toquem o corpo. Concluído esse ajuste, esta fita de aço se torna rija como um bastão. E então começa a brincadeira. Um não iniciado não é capaz de perceber nenhuma diferença exterior entre as diferentes penas. A grade aradora parece estar sempre funcionando da mesma forma. Com seus tremores, ela penetra, com suas agulhas, no corpo, que, além disso, também treme, preso à cama. Para permitir a qualquer um verificar a execução das sentenças, a grade aradora foi feita de vidro. Isso causou certas dificuldades técnicas, na hora de afixar as agulhas no vidro, mas, depois de várias tentativas, isso se resolveu. Efetivamente, não poupamos esforços. E, agora, qualquer um pode ver, através do vidro, como se dá a inscrição no corpo. O senhor não quer chegar mais perto e olhar as agulhas?

O viajante se ergueu, devagar, aproximou-se e inclinou-se sobre a grade aradora.

— O senhor está vendo — disse o oficial — agulhas duplas, dispostas em diferentes ordens. Cada uma tem outra, mais curta, a seu lado. Pois a longa escreve, enquanto a mais curta joga água, para lavar o sangue, mantendo, assim, a escrita sempre clara. A água misturada com sangue, então, escorre para pequenas canaletas e, em seguida, flui para esta canaleta principal, cujo cano de esgoto leva ao interior da vala.

O oficial apontou precisamente, com o dedo, para o caminho que deveria ser tomado pela água misturada com sangue. Quando, para tornar aquilo tão visível quanto possível, segurou com ambas as mãos a ponta do cano de esgoto, o viajante ergueu a cabeça e, tateando por trás de si com a mão, quis voltar para sua cadeira. E então, para seu susto, deu-se conta de que o condenado o seguira quando o oficial o convidara a observar de perto o funcionamento da grade aradora. Ele puxara um pouco as correntes de entre as mãos do soldado, que adormecera, e se curvara sobre o vidro. Via-se como, com seus olhos inseguros, ele também procurava aquilo que os dois senhores tinham acabado de observar, e como, na falta de maiores explicações, não conseguia compreender. Ele se abaixava para um lado e para o outro, e percorria, com os olhos, a superfície de vidro. O viajante queria conduzi-lo de volta, pois o que ele estava fazendo provavelmente era passível de punição. Mas o oficial deteve o viajante com uma mão, apanhou com a outra um pedaço de terra do monte e o lançou em direção ao soldado. Este ergueu os olhos, com um impulso, viu o que o condenado ousara fazer, deixou cair sua arma, calcou os pés no chão, apoiado sobre os saltos, puxou de volta o condenado, fazendo-o cair imediatamente, e então olhou para ele, de cima, enquanto ele se revirava e suas correntes estalavam:

— Erga-se! — gritou o oficial, percebendo que o viajante estava se distraindo demais com o condenado.

O viajante até mesmo se afastou da grade aradora, sem se interessar por ela, e apenas queria saber o que se passava com o condenado.

— Trate dele com cuidado! — gritou o oficial, novamente.

Ele circundou o aparelho, apanhou o condenado pelas axilas e, como ele escorregava, com a ajuda do soldado, colocou-o novamente em pé.

— Agora eu sei de tudo — disse o viajante, quando o oficial se voltou novamente em sua direção.

— Exceto o principal — disse o oficial, agarrando o viajante pelo braço e apontando para o alto. — Lá, no desenhador, estão as engrenagens que determinam o movimento da cama aradora, e estas engrenagens se movimentam de acordo com o desenho sobre o qual consta a sentença. Eu ainda uso os desenhos do antigo comandante. Aqui estão eles — e tirou algumas folhas de uma pasta de couro. — Infelizmente, não tenho como permitir ao senhor que os toque, pois são o que tenho de mais precioso. Sente-se, vou mostrá-los daqui, e então o senhor poderá ver tudo claramente.

Ele mostrou a primeira folha. O viajante teria gostado de dizer algo em sinal de reconhecimento, mas só o que se viam eram linhas, que se cruzavam múltiplas vezes, como labirintos, e que cobriam o papel com tal densidade que era difícil reconhecer os espaços em branco entre elas.

— Leia — disse o oficial.

— Não consigo — disse o viajante.

— Mas está tudo escrito claramente — disse o oficial.

— É muito artístico — disse o viajante, desviando-se —, mas não sou capaz de decifrar.

— Sim — disse o oficial, rindo, e voltando a colocar a pasta dentro do bolso —, não se trata de caligrafia para crianças de escola. É preciso ler demoradamente. Mas, ao final, o senhor com certeza seria capaz de compreender. Evidentemente que não poderia ser uma escrita simples, pois ela não deve matar de imediato, mas apenas após um intervalo de cerca de doze horas. O ponto de virada está previsto para a sexta hora. Portanto, é preciso que a escrita propriamente dita esteja cercada de muitos, muitos ornamentos. O texto verdadeiro apenas é inscrito à volta do corpo, como que formando um cinto estreito, enquanto o resto do corpo é destinado aos ornamentos. Agora, o senhor é capaz de elogiar o trabalho da grade aradora e do aparelho como um todo? Veja!

Ele saltou sobre a escada, girou uma engrenagem e exclamou, voltando-se para baixo:

— Cuidado, afaste-se! — e tudo se pôs em marcha.

Se a engrenagem não rangesse, seria esplêndido. Como se o oficial estivesse surpreso com aquele ruído perturbador, ameaçou a engrenagem com o punho cerrado e, em seguida, abriu os braços em direção ao viajante, pedindo desculpas, e voltou a descer a escada, apressado, para observar de baixo a marcha do aparelho. Havia mais alguma coisa que não estava em ordem, algo que só ele percebeu. Ele voltou a subir, agarrou com as duas mãos uma peça no interior do desenhador e então, para chegar mais depressa ao solo, escorregou por uma das hastes, em vez de descer pela escada, e gritou no ouvido do viajante, para que fosse escutado em meio àquele barulho, em meio a maior das expectativas:

— O senhor está entendendo o procedimento? A grade aradora já está começando a escrever. E, quando terminar a primeira camada de escrita nas costas do homem, a camada de algodão rolará e vagarosamente empurrará o corpo do homem para o lado, para disponibilizar um novo espaço à grade. Enquanto isso, as partes do corpo que foram feridas pela escrita são colocadas sobre o algodão que, por causa de um preparado especial, imediatamente estanca o sangue e prepara o corpo para um novo aprofundamento da escrita. Estes ganchos nas bordas da grade aradora, então, arrancam o algodão das feridas, enquanto o corpo continua a ser virado, e o lançam para dentro da vala. E assim há mais trabalho para a grade aradora, e ela continua escrevendo, cada vez mais profundamente, ao longo de doze horas. Durante as seis primeiras horas, o condenado continua vivo, quase como antes, apenas sofre de dores. Depois de duas horas, o pino de feltro é retirado, pois o homem já não tem forças para gritar. Aqui, nesta tigela aquecida por eletricidade, junto à cabeceira, coloca-se mingau de arroz quente, que o homem pode comer, se quiser, tanto quanto for capaz de apanhar com a língua. Não há ninguém que perca essa oportunidade. Nunca vi isso acontecer; e minha experiência é vasta. Só perto da sexta hora é que ele perde o prazer da comida. Costumo me ajoelhar, aqui, e observar essa manifestação. Raramente o homem engole o último bocado. Ele o revira na boca e o cospe dentro da vala. Quando chega esse momento, eu sou obrigado a me abaixar, senão o mingau cai no meu rosto. Mas como o homem se torna quieto perto da sexta hora! O entendimento desperta, mesmo no homem mais estúpido. Começa em torno dos olhos e de lá se espalha. É uma visão capaz de fazer alguém desejar deitar-se junto com o condenado sob a grade aradora! Além disso, nada acontece, o homem apenas começa a decifrar a escrita, ele faz um movimento com os lábios, como se estivesse prestando atenção. O senhor viu, não é fácil decifrar a escrita com os olhos, mas nosso homem a decifra com suas feridas. Ainda assim, custa muito esforço, e ele precisa de seis horas para concluir essa tarefa. Então, a grade aradora o espeta, completamente, e o lança para dentro da vala, onde ele cai sobre a água com sangue e o algodão, com um estalo. E assim a execução da sentença termina, e nós, eu e o soldado, o sepultamos.

O viajante inclinara o ouvido em direção ao oficial e, com as mãos nos bolsos, observava o funcionamento da máquina. O condenado também a olhava, mas sem compreender nada. Ele se inclinou um pouco, acompanhando o movimento das agulhas oscilantes, quando o soldado, a um sinal do oficial, cortou com uma faca as costas de sua camisa e suas calças, de maneira que elas caíram de sobre o corpo do condenado. Ele tentou agarrar os panos que caíam, para cobrir sua nudez, mas o soldado o ergueu e sacudiu os últimos retalhos que ainda se apegavam a ele. O oficial parou a máquina e, em meio ao silêncio que se fez, o condenado foi colocado sob a grade aradora. As correntes foram soltas e, em vez delas, as cintas foram presas. Aquilo quase pareceu significar, para o condenado, num primeiro momento, um alívio. Mas, agora, a

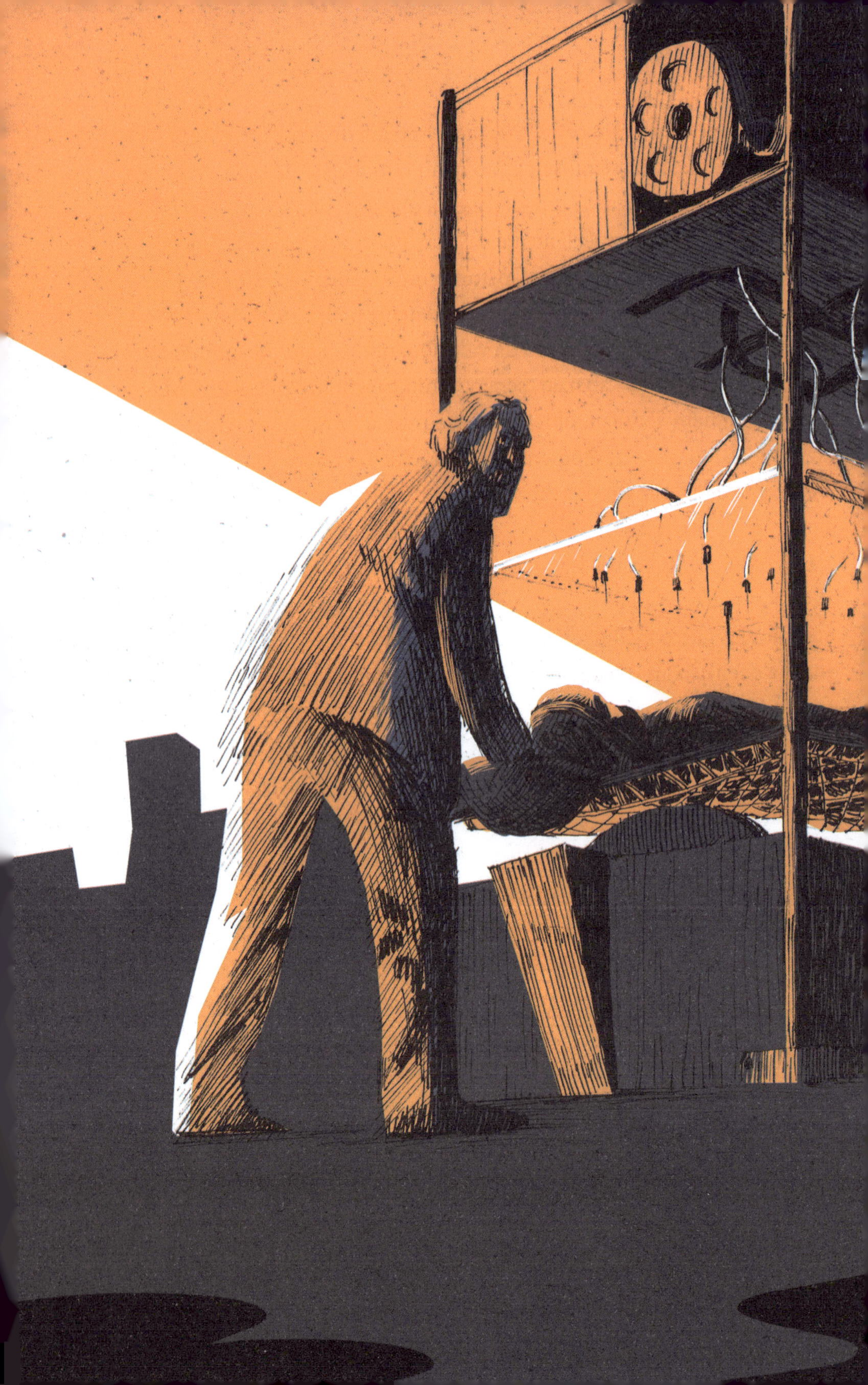

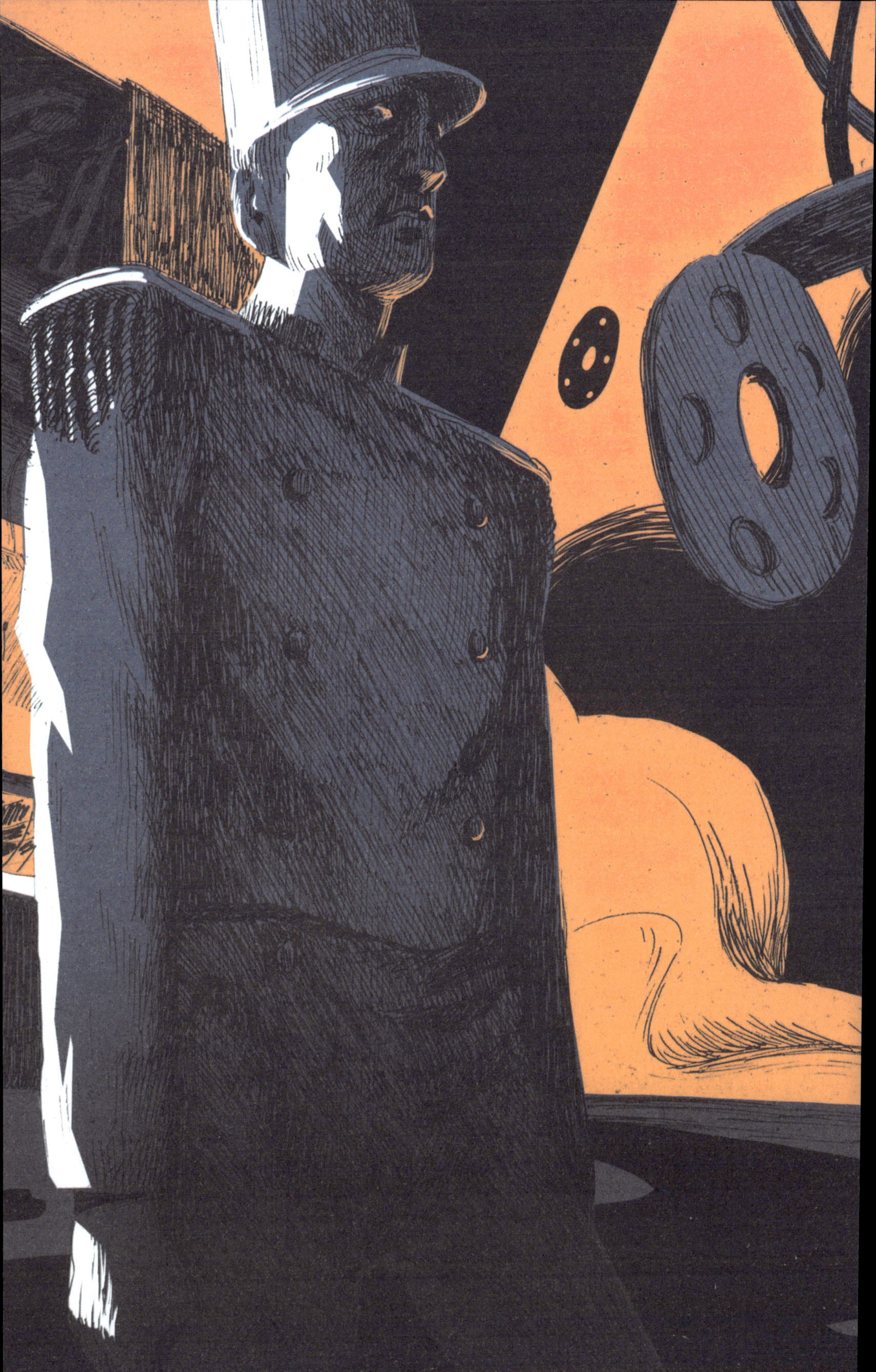

grade aradora abaixou mais um pouco, pois se tratava de um homem magro. Quando as pontas o tocaram, um arrepio fez-se sentir sobre a sua pele. Enquanto o soldado estava ocupado com sua mão direita, ele estendeu a esquerda, sem saber para onde. Mas aquela era a direção onde se encontrava o viajante. O oficial olhava, o tempo todo, para o viajante, de lado, como se estivesse tentando decifrar a impressão que a execução, cujo procedimento lhe havia sido explicado, ao menos superficialmente, causava sobre ele.

A cinta destinada ao pulso arrebentou, provavelmente porque o soldado a puxara com força demais. O oficial deveria ajudar. O oficial mostrou-lhe o pedaço que se rompera da cinta. O oficial também se aproximou dele e disse, com o rosto voltado para o viajante:

— A máquina é muito complicada, por isso, a cada tanto, acontece de algo se romper ou se quebrar. Mas isso não deve levar a equívocos na opinião que se faz sobre ela como um todo. Aliás, temos como substituir, imediatamente, a cinta que arrebentou. Vou usar uma corrente, ainda que, com isso, a suavidade do movimento oscilatório fique um pouco prejudicada.

E, enquanto ele colocava as correntes, disse, ainda:

— Os recursos para a manutenção da máquina, agora, são muito limitados. Sob o antigo comandante, um orçamento, ao qual eu tinha livre acesso, fora determinado para esse fim. Aqui havia um armazém no qual estavam guardadas peças de reposição de todos os tipos. Confesso que eu fazia uso delas quase com prodigalidade, isto é, antigamente, não agora, como alega o novo comandante, para quem tudo serve como desculpa para combater as instalações antigas. Agora, o caixa destinado à máquina se encontra sob a administração direta dele e, se eu solicitar uma cinta nova, a antiga, arrebentada, será exigida como prova. E a nova chega apenas depois de dez dias, e é de qualidade inferior, e não presta para muita coisa. Mas como eu haverei de fazer funcionar a máquina sem cinta, no meio-tempo, isso é algo que não interessa a ninguém.

O viajante pensou: é sempre difícil interferir, de maneira decisiva, em circunstâncias estranhas. Ele não era cidadão da colônia penal, nem tampouco cidadão do Estado ao qual ela pertencia. Se ele quisesse se pronunciar a respeito da execução, ou até mesmo sabotá-la, poderia ser que lhe dissessem: você é um estrangeiro, cale-se. E, diante disso, ele não teria como responder, apenas seria capaz de acrescentar que, nesse caso, ele mesmo era incapaz de compreender, pois viajava apenas com o objetivo de ver e, de maneira nenhuma, com o objetivo de modificar a forma de processos penais estrangeiros. No entanto, as coisas, aqui, se apresentavam de maneira muito sedutora. Não havia dúvidas sobre a falta de justiça do processo, nem sobre a desumanidade da execução. Ninguém poderia supor que houvesse qualquer tipo de interesse, por parte do viajante, pois o condenado lhe era estranho, não era seu compatriota nem tampouco era um homem capaz de despertar a compaixão. E o viajante tinha recomendações dos mais altos funcionários, fora recebido aqui com toda a cortesia, e o fato de ter sido convidado a presenciar esta execução até mesmo parecia indicar que esperavam dele algum tipo de julgamento daquele tribunal. E isso parecia ainda mais provável na medida em que, como agora ele ouvira muito claramente, o comandante atual não era favorável a esse procedimento e se portava de maneira quase hostil em relação ao oficial.

E então o viajante ouviu um grito furioso do oficial. Ele acabara de enfiar, não sem dificuldade, o pino de feltro na boca do condenado, quando este, tomado por uma ânsia de vômito irresistível, fechou os olhos e vomitou. Apressadamente, o oficial ergueu a cabeça do homem, arrancando sua boca do pino, com a intenção de virá-la em direção à vala. Mas tarde demais. A sujeira já escorria sobre a máquina.

— Tudo culpa do comandante! — gritou o oficial, sacudindo, totalmente fora de si, as hastes de bronze. — Estão emporcalhando a máquina como se fosse um chiqueiro.

Com mãos trêmulas, ele mostrou ao viajante o que acontecera.

— Pois eu passei horas a fio tentando fazer o comandante compreender que, um dia antes da execução, não se pode mais alimentar o condenado. Mas a nova direção, leniente, tem outra opinião. As senhoras do comandante entopem a goela do condenado com doces antes que ele seja levado. Durante a vida inteira, ele se alimentou de peixes fedorentos, mas agora ele precisa comer doces! Porém, ainda assim, isso seria possível, e eu não teria nada contra. Mas por que não colocam um feltro novo, como eu já estou pedindo há três meses? Como é possível que alguém possa colocar na boca este feltro, que já foi sugado e mordido por mais de cem homens moribundos, sem sentir nojo?

O condenado pousara a cabeça e parecia tranquilo. O soldado estava ocupado em limpar a máquina com a camisa do condenado. O oficial aproximou-se do viajante, que dera um passo atrás, movido por alguma intuição, mas o oficial o tomou pela mão, puxando-o para junto de si.

— Quero falar algumas palavras reservadamente com o senhor — disse ele —, posso?

— Certamente — disse o viajante, ouvindo com olhos abaixados.

— Este processo e esta execução, que agora o senhor tem a oportunidade de presenciar, atualmente não têm mais apoiadores declarados em nossa colônia. Eu sou seu único representante e também o único representante do antigo comandante. Não há como esperar por uma ampliação desses procedimentos, e eu gasto todas as minhas forças para conservar aquilo que já existe. Na época em que o antigo comandante vivia, a colônia estava cheia de apoiadores. Tenho um pouco da capacidade de persuasão do antigo comandante, mas sua força me falta inteiramente. Por isso, os seguidores se intimidaram, ainda há muitos, mas nenhum deles admite sê-lo. Se hoje, que é dia de execução, o senhor for a uma casa de chá e prestar atenção no que se diz por ali, talvez o senhor ouça manifestações ambíguas. São os seguidores, mas, sob o comandante atual, e diante das suas ideias atuais, eles me são totalmente inúteis. E então eu lhe pergunto: por causa desse comandante e das suas mulheres, que o influenciam, a obra de uma vida, como essa — ele apontou para a máquina —, haverá de desaparecer? Pode-se permitir que algo assim aconteça? Mesmo quando se é apenas um estrangeiro, que está passando alguns dias em nossa ilha? Mas não temos tempo a perder. Já estão preparando algo contra a minha maneira de proceder. Já estão sendo feitas deliberações no comando, para as quais eu nem sequer sou convidado, e até mesmo sua visita, hoje, me parece indicar a situação como um todo: os homens são covardes e enviam o senhor, um estrangeiro. Quão diferentes eram as execuções em tempos anteriores! Já na véspera da execução, o vale inteiro estava tomado de gente. Todos vinham para assistir. Cedo, de manhã, aparecia o comandante com suas senhoras. Fanfarras despertavam todo o campo. Eu anunciava que tudo estava a postos e então a companhia — não era permitida a ausência a nenhum funcionário — se reunia em torno da máquina. Toda esta pilha de cadeiras de metal é apenas um resto miserável daquele tempo. A máquina brilhava, recém-lustrada, e, para praticamente todas as execuções, eu apanhava peças de reposição novas. Diante de centenas de olhares — todos os espectadores permaneciam na ponta dos pés até ali, junto às colinas —, o condenado era colocado sob a grade aradora pelo comandante em pessoa. O que hoje um soldado comum tem permissão para fazer era, antes, uma tarefa que cabia a mim, o presidente do tribunal, e que muito me honrava. E então tinha início a execução! Nenhum som errado perturbava o funcionamento da máquina. Havia gente que já não olhava diretamente, mas, em vez disso, deitava-se na areia, com os olhos cerrados. Pois todos sabiam: agora a justiça está sendo feita. Em meio ao silêncio, ouviam-se apenas os suspiros do condenado, abafados pelo feltro. Hoje, a máquina já não é capaz de fazer o condenado soltar um suspiro suficientemente forte para que o feltro não o abafe. Mas antes as agulhas, ao escreverem, também gotejavam um líquido corrosivo, que hoje já não pode ser usado. E então chegava a sexta hora! Era impossível atender a todos os que faziam pedidos para olhar de perto. O comandante, com sua compreensão, determinou que se deveria dar preferência às crianças. Mas eu, por causa de minha profissão, sempre tinha o direito de permanecer junto à máquina. Frequentemente, eu permanecia ali, com duas crianças pequenas, uma em cada braço. Como observávamos, todos juntos, a expressão transfigurada no rosto martirizado! Como mantínhamos nossas faces expostas ao brilho da justiça, finalmente alcançada, e já em vias de desaparecer! Que tempos eram aqueles, meu camarada!

O oficial, evidentemente, esquecera quem estava na sua frente. Ele abraçara o viajante, colocando a cabeça sobre seu ombro. O viajante sentia-se muito constrangido e, com impaciência, olhava por sobre o oficial. O soldado concluíra o serviço de limpeza e agora enchera a tigela com mingau de arroz, retirado de uma lata. E o condenado, que entrementes parecia ter-se recuperado completamente, mal notou isso, e começou a abocanhar o mingau com a língua. O soldado voltava sempre a afastá-lo, com golpes, pois o mingau destinava-se para mais tarde, embora também fosse inadequado que o soldado enfiasse as mãos sujas no mingau dele, comendo antes do condenado, esfomeado.

O oficial rapidamente se conteve.

— Eu não queria que o senhor se comovesse — disse ele —, sei muito bem que hoje é impossível compreender aquele tempo. Além disso, a máquina continua a funcionar e funciona por si só, mesmo que esteja sozinha em meio a este vale. E, ao final, o cadáver continua a cair, com um movimento de suavidade inconcebível, dentro da vala, ainda que já não haja mais, como antes, centenas de homens reunidos como moscas à sua volta. Àquela época, fomos obrigados a instalar uma cerca bem forte em torno da vala. Mas esta, já há tempos, foi retirada.

O viajante queria afastar seu rosto do oficial e olhava à sua volta, sem direção. O oficial achou que ele estivesse observando o abandono do vale e, por isso, agarrou suas mãos, deu uma volta em torno dele, para ver para onde ele olhava, e perguntou:

— O senhor se dá conta da vergonha?

Mas o viajante permanecia calado. Por um instante, o oficial o deixou e, com as pernas afastadas e as mãos apoiadas nos quadris, ficou em silêncio, olhando para o chão. E então sorriu para o viajante, tentando animá-lo, e disse:

— Ontem eu estava perto do senhor, quando o comandante o convidou. Eu ouvi o convite. Eu conheço o comandante. E imediatamente compreendi qual era o propósito desse convite. Ainda que ele tenha poder suficiente para se engajar contra mim, não ousa fazê-lo. Mas, com o senhor, o que ele quer é me expor ao julgamento de um estranho. Os cálculos dele são cuidadosos. Este é o seu segundo dia na ilha, o senhor não conhecia o antigo comandante nem o seu círculo. O senhor está preso a visões europeias, e talvez o senhor seja, por princípio, um opositor da pena de morte, de modo geral, e de execuções feitas por máquinas como esta em particular. Além disso, o senhor está presenciando como uma execução realizada por uma máquina um tanto danificada, e sem a participação do público, transcorre de maneira tristonha. Então (assim pensa o comandante), com tudo isso tomado junto, não seria possível que o senhor considerasse errado o meu procedimento? E, se o senhor não considerasse isso certo (eu continuo falando conforme o pensamento do comandante), o senhor tampouco permaneceria calado, pois o senhor certamente se fia em suas próprias convicções, tantas vezes postas à prova. Mas o senhor viu e aprendeu a respeitar muitas características de muitos povos e por isso, provavelmente, não irá se pronunciar com toda a ênfase, como faria caso estivesse em sua própria pátria, contrariamente ao procedimento. Mas o comandante não tem necessidade disso. Basta, para ele, uma só palavra corriqueira e descuidada. Esta nem sequer precisa corresponder às suas convicções verdadeiras, desde que vá ao encontro do que ele deseja. Que ele haverá de interrogá-lo com toda a astúcia, disso eu tenho certeza. E as senhoras dele vão estar sentadas à sua volta, com os ouvidos bem afiados. Elas dirão coisas como: "Entre nós os processos transcorrem de forma diferente", ou "Entre nós o réu é ouvido antes de ser proferida a sentença", ou "Entre nós só existia a tortura durante a Idade Média". Todas observações que, de fato, parecem corretas, e que lhe parecem evidentes, observações inocentes que não interferem em meu procedimento. Mas como serão recebidas pelo comandante? Eu o vejo, o bom comandante, como ele imediatamente empurra a cadeira para o lado e corre para o terraço, eu vejo suas senhoras, como elas correm atrás dele, eu ouço sua voz — as senhoras dizem que é a voz de um trovão — e ele fala: "Um grande pesquisador do Ocidente, que tem como missão investigar os procedimentos judiciais de todos os países, acaba de dizer que nosso procedimento, que segue um modelo antigo, é desumano. E a partir de semelhante julgamento de um homem assim, naturalmente não mais será possível para mim tolerar esse tipo de procedimento. Assim, no dia de hoje, ordeno que... — e assim por diante". O senhor pretende interferir. O senhor não disse isso que ele está anunciando. O senhor não considerou desumano meu procedimento; ao contrário, conforme suas profundas reflexões, o senhor o considera o mais humano e o mais digno do ser humano. Além disso, o senhor admira esta maquinaria; mas já é tarde demais. O senhor nem sequer consegue chegar ao terraço, que já está cheio de senhoras. O senhor quer ser percebido. O senhor quer gritar, mas a mão de uma senhora mantém sua boca calada; e eu e a obra do antigo comandante estamos perdidos.

O viajante foi obrigado a conter um sorriso. Tão simples, então, era aquela tarefa, que lhe parecia tão difícil. Desviando-se, ele disse:

— O senhor está superestimando minha influência. O comandante leu minha carta de recomendação. Ele sabe que eu não sou um especialista em processos judiciais. Se eu fosse manifestar minha opinião, esta seria a opinião de um homem particular, uma opinião em nada mais significativa do que a de qualquer outro homem e, de qualquer maneira, muito menos significativa do que a opinião de um comandante que, ao que me parece, goza de amplos direitos nesta colônia penal. Se a opinião dele a respeito deste procedimento é tão determinada, como o senhor acredita, então temo que tenha chegado o fim deste procedimento, sem que haja necessidade de minha modesta contribuição para tanto.

Será que o oficial já tinha compreendido? Não, ele ainda não tinha compreendido. Ele agitou a cabeça, com vivacidade, viu num relance, às suas costas, o condenado e o soldado, que se encolheram e deixaram de lado o mingau de arroz, chegou bem perto do viajante e, sem olhá-lo no rosto, mas em algum ponto do paletó, disse, num tom de voz mais baixo do que antes:

— O senhor não conhece o comandante. O senhor, no que diz respeito a ele e a todos nós, é, perdoe-me a expressão, até certo ponto, ingênuo. Sua influência, acredite, não deve ser subestimada. Fiquei feliz quando ouvi que o senhor haveria de presenciar a execução sozinho. Essa determinação do comandante deveria prejudicar-me, mas agora vou revertê-la a meu favor. Sem ter sido distraído por sussurros mentirosos e por olhares de desprezo — os quais não haveria maneira de evitar se houvesse um público numeroso na execução —, o senhor ouviu minhas explicações, viu a máquina e agora está prestes a testemunhar a execução. Seu julgamento certamente já está feito e, se ainda houver pequenas dúvidas, estas serão afastadas mediante a observação da execução. E agora eu lhe peço um favor: ajude-me com o comandante!

O viajante não lhe permitiu continuar a falar.

— Como poderia eu fazê-lo — exclamou ele —, isto é totalmente impossível! Assim como não lhe posso ser útil, tampouco posso prejudicá-lo.

— O senhor pode — disse o oficial.

Com certo temor, o viajante viu que o oficial cerrava os punhos.

— O senhor pode — repetiu o oficial, de maneira ainda mais enfática. — Eu tenho um plano que precisa funcionar. O senhor imagina que sua influência não seja suficiente. Mas eu sei que é suficiente. Ainda assim, admitindo-se que o senhor tenha razão, não seria necessário, em nome da conservação deste procedimento, tentar tudo, até mesmo aquilo que, talvez, venha a ser insuficiente? Ouça, portanto, o meu plano. Para realizá-lo, é necessário, antes de tudo, que hoje, aqui na colônia, o senhor se abstenha de proferir seu veredicto sobre o procedimento. Se o senhor não for indagado, de maneira nenhuma poderá manifestar-se. Mas suas manifestações deverão ser breves e incertas. É preciso que todos percebam que lhe é difícil falar sobre este assunto, que o senhor está amargurado e que, caso o senhor fosse falar abertamente, seria obrigado a pôr-se a praguejar. Não estou lhe pedindo para mentir, de maneira nenhuma. O senhor deverá apenas responder com brevidade, por exemplo: "Sim, eu assisti à execução" ou "Sim, eu ouvi todas as explicações". Apenas isso e nada mais. Quanto ao seu amargor, que deve ser perceptível, haverá motivos suficientes, ainda que não sejam os que o comandante imagina. É evidente que ele entenderá tudo errado e interpretará esse amargor conforme o que ele tem em mente. É sobre isso que se baseia meu plano. Amanhã, na sede do comando, terá lugar uma grande reunião de todos os mais altos funcionários administrativos, sob a direção do comandante. O comandante, evidentemente, aprendeu como transformar essas reuniões em espetáculos. Uma galeria foi especialmente construída e está sempre tomada de espectadores. Sou obrigado a participar das deliberações, mas a má vontade me abala. De qualquer maneira, o senhor certamente será convidado a participar da reunião. Se hoje o senhor se portar conforme meu plano, esse convite deverá tornar-se um pedido urgente. Mas, se por algum motivo inimaginável, o senhor terminar não sendo convidado, o senhor deverá pedir por um convite. Não há dúvida de que o senhor, então, o receberá. Assim, amanhã o senhor estará sentado junto com as senhoras, no camarote do comandante. Ele vai se assegurar de sua presença, por meio de olhares para o alto, como faz com frequência. Depois da discussão de diversos assuntos indiferentes, ridículos, apenas destinados ao público — na maioria das vezes trata-se da construção de portos, sempre construção de portos! —, começa-se a falar a respeito do procedimento judicial. Se, por iniciativa do comandante, isso não ocorrer, ou não ocorrer logo, eu mesmo vou tratar de fazer com que ocorra. Vou me levantar e comunicar a execução de hoje. Bem brevemente, apenas uma comunicação. É verdade que não é costume fazer comunicações assim em reuniões desse tipo, mas, ainda assim, eu o farei. O comandante me agradece, como sempre, com um sorriso amigável, e então ele já não tem como se conter e aproveita a oportunidade que se apresenta. "Acaba de ser anunciada a realização da execução", diz ele, ou diz algo parecido. "Quero apenas acrescentar a esse anúncio que justamente essa execução foi testemunhada pelo grande pesquisador, cuja visita, da qual todos sabem, representa uma honra tão extraordinária para a nossa colônia. E nossa reunião de hoje tem sua importância enaltecida por meio da presença desse visitante. Não vamos aproveitar a oportunidade para perguntar a esse grande pesquisador o seu veredicto a respeito dessa execução, realizada de acordo com um antigo costume, assim como a respeito do processo judicial que a antecedeu?" Evidentemente, ouvem-se aplausos de todos os lados, todos estão de acordo, e sou eu quem se manifesta com mais fervor. O comandante faz uma reverência na sua frente e diz: "Então, em nome de todos, farei a pergunta". E então o senhor se aproxima da balaustrada. Nela apoia as mãos, visíveis para todos, caso contrário as senhoras as agarrarão, pondo-se a brincar com seus dedos. E agora, por fim, sua palavra. Não sei como suportarei a tensão das horas que ainda devem passar até esse instante. O senhor não deve restringir-se em sua fala. Faça barulho com a verdade, incline-se sobre a balaustrada, grite, sim, grite sua opinião para o comandante, sua opinião inabalável. Mas, talvez, o senhor não queira fazer isso, talvez isso não corresponda a seu caráter, talvez em sua terra as pessoas se portem de outra maneira em situações assim. Também isso está certo, também isso é bastante, não se levante, diga apenas umas poucas palavras, sussurre-as, de maneira que apenas os funcionários que se encontram bem abaixo do senhor as ouçam, isso basta, o senhor nem mesmo terá que falar sobre a falta de interesse pela execução, ou sobre a engrenagem que range, ou sobre a cinta rompida, ou sobre o feltro repugnante, não, deixe tudo isso por minha conta e, acredite em mim, se meu discurso não for capaz de espantá-lo da sala, então o obrigará a colocar-se de joelhos e a reconhecer: antigo comandante, eu me curvo na sua frente. Esse é o meu plano. O senhor quer me ajudar a realizá-lo? Mas é claro que o senhor quer. Mais do que isso, o senhor precisa que eu o faça.

E o oficial apanhou o viajante pelos braços, olhando-o no rosto, enquanto respirava profundamente. As últimas frases, ele as gritara de tal forma que até o soldado e o condenado prestaram atenção. Embora não fossem capazes de compreender nada, eles pararam de comer e se voltaram, mastigando, para o viajante.

Desde o início, o viajante não tinha dúvidas acerca da resposta que tinha de dar. Em sua vida, ele já passara por coisas demais para que, agora, houvesse de vacilar. Ele era, fundamentalmente, honesto e não temia nada. Ainda assim, agora, ao avistar o soldado e o condenado, ele hesitou, por um instante. Mas, por fim, disse o que tinha que dizer:

— Não.

O oficial piscou os olhos várias vezes sem, no entanto, afastar dele o olhar.

— O senhor quer uma explicação? — perguntou o viajante.

O oficial, mudo, assentiu com um gesto de cabeça.

— Eu sou contrário a esse procedimento — disse então o viajante —, e muito antes de eu ter me tornado seu confidente e, evidentemente, não abusarei desta confiança, sob nenhuma circunstância, refleti, perguntando-me se teria o direito de me engajar contra esse procedimento, e se o meu engajamento teria alguma perspectiva, ainda que pequena, de sucesso. Logo se tornou claro, para mim, que o primeiro homem a quem eu deveria me voltar seria o comandante, é claro. E o senhor tornou essa questão ainda mais clara para mim, mas sem interferir em minha decisão, ao contrário. Pois sua convicção sincera me toca, ainda que não seja capaz de me deter.

O oficial permaneceu mudo, voltou-se para a máquina, apanhou uma das hastes de bronze e então, inclinando-se um pouco para trás, olhou para o desenhador, como se estivesse verificando se tudo estava em ordem. O soldado e o condenado pareciam ter feito amizade um com o outro. O condenado fazia sinais para o soldado, apesar da grande dificuldade, causada pelo fato de estar atado. O soldado se curvava em direção a ele. O condenado lhe sussurrou algo, e o soldado assentiu, com um gesto de cabeça.

O viajante seguiu o oficial e disse:

— O senhor ainda não sabe o que eu pretendo fazer. Vou dizer minha opinião a respeito do procedimento ao comandante, mas não o farei numa reunião, e sim num encontro particular com ele. E também não vou permanecer aqui por tempo suficiente para ser incluído numa reunião. Amanhã cedo já devo partir ou, pelo menos, embarcar.

O oficial não parecia ter prestado atenção.

— Então o procedimento não lhe convenceu — disse ele, consigo mesmo, sorrindo assim como um velho sorri ante as tolices de uma criança e, ao mesmo tempo, oculta seus verdadeiros pensamentos por trás desse sorriso. — Então é chegado o momento — disse ele, por fim, subitamente olhando para o viajante com seus olhos claros, que continham alguma demanda, algum pedido de participação.

— É chegado o momento de quê? — perguntou o viajante, inquieto. Mas não recebeu resposta.

— Você está livre — disse o oficial ao condenado, na língua dele. Este, primeiro, não acreditou no que ouvia. — Agora você está livre — disse o oficial.

Pela primeira vez, surgiu um raio de vida verdadeira no rosto do condenado. Era verdade? Era apenas um humor passageiro do oficial, que poderia mudar? Será que o viajante estrangeiro tinha conseguido um indulto para ele? O que era? Era isso o que o seu rosto parecia perguntar. Mas não por muito tempo. Fosse o que fosse, se ele quisesse, poderia, realmente, estar livre e começou a se agitar, tanto quanto lhe era possível, estando sob a grade aradora.

— Desse jeito, você vai me arrebentar com as cintas — gritou o oficial. — Fique parado! Já vamos abri-las.

E, junto com o soldado, a quem ele fez um sinal, pôs-se a trabalhar. Sem dizer uma palavra, o condenado sorria, ora voltando o rosto para a esquerda, para o oficial, ora para a direita, para o soldado. Tampouco do viajante ele se esqueceu.

— Puxe-o para fora — ordenou o oficial ao soldado.

Por causa da grade aradora, era preciso fazer aquilo com muito cuidado. Por causa de sua impaciência, o condenado já tinha alguns cortes nas costas.

A partir de então, porém, o oficial mal lhe deu atenção. Ele se aproximou do viajante, puxou novamente a pequena pasta de couro, folheando-a, e por fim encontrou a folha que procurava, mostrando-a ao viajante.

— Leia — ele disse.

— Não consigo — disse o viajante —, já lhe disse que não sou capaz de ler essas folhas.

— Olhe a folha com atenção — disse o oficial, colocando-se ao lado do viajante, para ler com ele.

Mas como isso também não deu resultado algum, ele ergueu o dedinho muito alto, como se o papel não pudesse, sob hipótese nenhuma, ser tocado, apontando para as linhas no papel, para assim facilitar a leitura do viajante. O viajante, de fato, esforçou-se para, ao menos, tentar satisfazê-lo, mas aquilo lhe era impossível. E então o oficial começou a soletrar o que estava escrito ali, e leu, mais uma vez, a folha por inteiro.

— "Seja justo!" É o que está escrito — disse ele. — Agora, o senhor é capaz de ler.

O viajante se inclinou tanto sobre o papel que o oficial, temendo que ele o tocasse, o afastou ainda mais. E então o viajante não disse mais nada, mas era evidente que ele ainda não tinha sido capaz de ler.

— "Seja justo!" É o que está escrito — disse o oficial, novamente.

— Pode ser — disse o viajante —, acredito que seja isso o que está escrito aí.

— Então está bem — disse o oficial, satisfeito ao menos em parte, e subiu na escada com a folha. Com grande cuidado, acomodou a folha no desenhador e, então, ao que parecia, alterou completamente a disposição do sistema de engrenagens. Aquele era um trabalho muito penoso, decerto havia também engrenagens muito pequenas, e às vezes a cabeça do oficial desaparecia, completamente, no interior do desenhador, tal era a exatidão do exame a que ele precisava submeter o sistema de engrenagens.

O viajante acompanhou esse trabalho curiosamente; de baixo, seu pescoço ficou duro e seus olhos doíam por causa da luz do sol que desabava do céu. O soldado e o condenado, agora, estavam ocupados um com o outro. A camisa e a calça do condenado, que já estavam jogadas no interior da vala, foram novamente puxadas para fora pelo soldado, com a ponta de sua baioneta. A camisa estava imunda, e o condenado a lavou no balde de água. Quando, então, ele vestiu a camisa e a calça, tanto o soldado quanto o condenado riram alto, pois as peças de vestuário estavam cortadas em dois, nas costas. Talvez o condenado achasse que tinha a obrigação de divertir o soldado. Com as roupas cortadas, ele girava em círculos diante do soldado, que estava agachado no chão e batia nos joelhos, rindo. Ainda assim, eles se contiveram, por respeito aos dois senhores ali presentes.

Quando o oficial enfim terminou o que tinha a fazer lá em cima, olhou, mais uma vez, para o todo e para todas as suas partes, sorrindo. Agora, fechou a tampa do desenhador, que até então estivera aberta, desceu, olhou para a vala e, em seguida, olhou para o condenado, percebendo, satisfeito, que ele tirara as vestimentas. Aproximou-se, então, do balde de água, para lavar as mãos, e reconheceu, tarde demais, a sujeira repugnante na água. Entristeceu-se por não poder lavar as mãos agora e, por fim, as enfiou na areia — esse substituto não lhe bastava, mas ele foi obrigado a se resignar —, levantando-se, então, e começando a desabotoar o paletó do seu uniforme. E, enquanto fazia isso, os dois lenços de mulher, que ele enfiara por trás do colarinho, lhe caíram nas mãos.

— Aqui estão os seus lenços — disse ele, atirando-os para o condenado. E ao viajante ele explicou: — Presentes das senhoras.

Apesar da pressa evidente com a qual ele tirou o paletó do seu uniforme, então despindo-se completamente, ele tratava cada uma de suas peças de vestuário com muito cuidado, até mesmo passando delicadamente os dedos pelas cordas prateadas que havia sobre o paletó, e ajustando uma das franjas. E, no entanto, não combinava bem com esse cuidado o fato de que, tão logo tivesse terminado de se ocupar com alguma das peças de vestuário, ele a lançasse, com um gesto de má vontade, no interior da vala. A última peça que lhe sobrou foi seu punhal curto, com sua correia. Ele sacou o punhal de dentro da bainha, partiu-o, então juntando tudo — os pedaços do punhal, a bainha e a correia — e atirou-os com tanto ímpeto que se fez ouvir um estampido.

E agora ele estava ali, nu. O viajante mordeu os lábios, sem dizer nada. Ele sabia o que iria acontecer, mas não tinha direito de impedir o oficial de fazer qualquer coisa. Se o procedimento judicial, ao qual o oficial era tão apegado, de fato estava a ponto de ser abolido — possivelmente por causa da interferência do viajante, algo que ele se sentia na obrigação de fazer —, então agora o oficial, de fato, estava agindo corretamente, e o viajante, no lugar dele, não teria agido de outra maneira.

O soldado e o condenado primeiro não compreenderam nada, nem mesmo olhavam para o que se passava. O condenado estava muito alegre por ter recebido de volta seus lenços, mas não lhe foi concedido alegrar-se com isso por muito tempo, pois o soldado os tomou, com um gesto súbito e imprevisto. E agora o condenado tentava tirar os lenços, que o soldado prendera por trás de seu cinto, mas o soldado estava alerta. E assim eles brigavam, meio por brincadeira. Só quando o oficial estava completamente nu, eles lhe voltaram suas atenções. Era principalmente o condenado quem parecia ter sido atingido pela intuição de que alguma grande mudança estava por acontecer. O que acontecera a ele agora acontecia com o oficial. Talvez as coisas fossem prosseguir dessa forma, até as últimas consequências? Provavelmente fora o viajante estrangeiro quem dera essas ordens. Tratava-se, portanto, de vingança. Sem ter sofrido até o fim, ele, ainda assim, seria vingado até o fim. Um riso amplo e silencioso, então, surgiu em seu rosto, e não voltou a desaparecer.

O oficial, porém, tinha se voltado para a máquina. Se antes já estivera claro que ele compreendia muito bem a máquina, agora era quase assustador ver como ele lidava com ela e como ela lhe obedecia. Ele apenas aproximara a mão da grade aradora, e esta passou a erguer-se e abaixar-se, várias vezes, até alcançar a posição correta para recebê-lo. Ele, então, apenas segurou a borda da cama, e esta começou a oscilar. O pino de feltro aproximou-se de sua boca. Via-se como, na verdade, o oficial não o queria, mas sua hesitação durou apenas um instante, logo ele se submeteu e o tomou com a boca. Tudo estava preparado, apenas as cintas ainda pendiam, dos lados da cama, mas elas eram evidentemente desnecessárias, não era preciso atar o oficial. Então, o condenado reparou nas cintas soltas e, em sua opinião, a execução não estaria completa se as cintas não estivessem bem atadas. Ansioso, ele acenou para o soldado, e ambos correram para atar o oficial. Este já estendera um dos pés para empurrar a manivela que deveria colocar o desenhador em movimento. E então ele viu os dois que se aproximavam. Recolheu o pé, então, e deixou que eles o atassem. Mas, agora, ele não tinha mais como alcançar a manivela, e nem o soldado nem o condenado seriam capazes de encontrá-la, enquanto o viajante estava decidido a não tocá-la. Não foi preciso: mal as cintas estavam atadas e a máquina começou a funcionar; a cama oscilava, as agulhas dançavam sobre a pele, a grade aradora pairava no ar, subindo e descendo. O viajante já passara algum tempo olhando fixamente para aquilo, quando se lembrou de que uma das engrenagens, no desenhador, deveria estar rangendo. Mas fazia-se silêncio. Não se ouvia nem mesmo o mais leve zumbido.

Por causa desse trabalho silencioso, a máquina, de fato, deixou de atrair a atenção dos presentes. O viajante olhava para o soldado e para o condenado. O condenado era o mais animado, tudo, na máquina, lhe interessava, e ora ele se abaixava, ora se esticava, e, o tempo todo, mantinha o indicador estendido para apontar algo ao soldado. O viajante sentia-se constrangido. Ele estava decidido a permanecer ali até o fim, mas não suportaria, por muito tempo, a vista daqueles dois.

— Vão para casa — disse ele.

O soldado talvez estivesse disposto a fazê-lo, mas para o condenado aquela ordem era como se fosse um castigo. Ele suplicou, com as mãos juntas, para que lhe fosse permitido permanecer ali e, quando o viajante sacudiu a cabeça, não querendo ceder, ele chegou até mesmo a se ajoelhar. O viajante viu que ordens, nesse caso, não adiantavam nada. Ele queria ir para perto deles e expulsá-los. E então ouviu um ruído no desenhador, no alto. Olhou para cima. Será que a engrenagem estava, de fato, saindo do alinhamento? Mas era outra coisa. Aos poucos, a tampa do desenhador se ergueu e então abriu-se completamente. Os dentes de uma engrenagem apareceram e se ergueram, e logo surgiu a engrenagem inteira. Era como se alguma força poderosa estivesse espremendo o desenhador, de maneira que não houvesse mais lugar para aquela engrenagem. Ela rolou até a borda do desenhador, despencou, rodou um pouco em pé sobre a areia e caiu. E já se erguia, no alto, mais uma engrenagem, e a ela seguiram-se muitas outras, grandes, pequenas e outras que mal se podia enxergar. E com todas acontecia o mesmo. Sempre se acreditava que, agora, o desenhador haveria de estar vazio, e lá surgia um novo grupo de engrenagens, particularmente numeroso, que se erguia, caía, rolava na areia e se deitava. Diante desses acontecimentos, o condenado esqueceu-se completamente da ordem do viajante, pois as engrenagens o deixavam totalmente fascinado. Ele sempre queria agarrar uma delas e, ao mesmo tempo, exortava o soldado a ajudá-lo, mas então recolhia a mão, assustado, pois logo seguia outra engrenagem, que, ao começar a rolar, o assustava.

O viajante, por sua vez, estava muito inquieto. A máquina, evidentemente, estava se despedaçando, e ele tinha a sensação de que, agora, tinha a obrigação de cuidar do oficial, já que este não tinha mais como cuidar de si mesmo. Mas, como a queda das engrenagens exigia toda sua atenção, ele deixou de reparar no restante da máquina. Agora, porém, que a última engrenagem deixara o desenhador, ele se curvou sobre a grade aradora e encontrou uma nova surpresa, ainda mais desagradável. A grade aradora não escrevia, apenas espetava, e a cama não fazia o corpo oscilar, apenas o espetava, trêmulo, nas agulhas. O viajante quis interferir e, se possível, desligar a máquina completamente, pois este já não era mais o tipo de tortura que o oficial pretendera realizar, e sim apenas um assassinato. Ele estendeu as mãos. Mas a grade aradora já se movimentava, para cima e para o lado, com o corpo espetado, como fazia em outros casos, porém só na décima segunda hora. O sangue corria, em mil fios, sem estar misturado com a água, pois os pequenos canos de água agora também falhavam. E então o último movimento da máquina também falhou: o corpo não se soltava das longas agulhas, o sangue se derramava, mas o corpo permanecia sobre a vala, sem cair. A grade aradora já queria retornar à posição original, mas, como se ela mesma percebesse que ainda não estava livre de sua carga, permanecia sobre a vala.

— Ajudem! — gritou o viajante para o soldado e para o condenado, enquanto ele mesmo agarrava os pés do oficial.

Ele queria apanhar os pés deste lado, enquanto os outros, do outro lado, deveriam apanhar a cabeça, e assim o oficial seria, aos poucos, retirado das agulhas. Mas agora os dois não eram capazes de se decidir a aproximar-se. O condenado justamente estava se virando. O viajante foi obrigado a aproximar-se deles e a arrastá-los, com violência, para junto da cabeça do oficial. E, ao fazê-lo, viu, quase contra sua própria vontade, o rosto do cadáver. Era tal e qual fora em vida. Não havia nem sequer um sinal da redenção prometida. Nada do que os outros tinham encontrado na máquina fora encontrado pelo oficial. Seus lábios estavam apertados com força, um contra o outro, seus olhos estavam abertos, e tinham uma expressão viva. Seu olhar era tranquilo e convicto. Em sua testa, penetrava a ponta de um grande espeto de ferro.

Quando o viajante, seguido pelo soldado e pelo condenado, alcançou as primeiras casas da colônia, o soldado apontou para uma delas e disse:

— Esta é a casa de chá.

No andar térreo de um prédio, havia uma sala bem baixa, como uma caverna, com as paredes e o forro do teto marcados pela fumaça. A sala era totalmente aberta do lado que se voltava para a rua. Embora a casa de chá mal se distinguisse das demais casas da colônia, que, com exceção do palácio do comandante, estavam em muito mau estado, ela causou sobre o viajante a impressão de uma lembrança histórica, e ele sentia, ali, o poder de outros tempos. Ele se aproximou e, seguido de seus acompanhantes, passou por entre as mesas vazias que estavam na rua, diante da casa de chá, e respirou o ar fresco e úmido que vinha da sua parte interna.

— O velho está sepultado aqui — disse o soldado. — O padre lhe negou um lugar no cemitério. Por algum tempo, não se sabia onde enterrá-lo e, por fim, o enterraram aqui. O oficial, decerto, não lhe contou nada a esse respeito, pois isso foi o que mais lhe causou vergonha. Algumas vezes, durante a noite, ele até mesmo tentou desenterrar o velho, mas sempre foi espantado.

— Onde está o túmulo? — perguntou o viajante, incapaz de acreditar no soldado.

E logo ambos, o soldado e o condenado, caminhavam na frente dele apontando, com as mãos estendidas, para o lugar onde supostamente estaria o túmulo. Eles conduziram o viajante até a parede posterior, junto à qual havia alguns homens, sentados às mesas. Provavelmente, tratava-se de estivadores, homens fortes, com barbas curtas, negras e brilhantes. Todos estavam em mangas de camisa, e suas camisas estavam rasgadas. Era uma gente pobre e humilhada. Quando o viajante se aproximou, alguns deles se ergueram, se encostaram na parede e olharam para ele.

— Ele é estrangeiro — sussurravam vozes em torno do viajante —, ele quer ver o túmulo.

Eles empurraram uma das mesas para o lado, sob a qual, de fato, havia um túmulo. Era uma pedra simples, baixa o suficiente para poder ficar escondida debaixo de uma mesa. Sobre a pedra, havia uma inscrição, com letras muito pequenas e, para lê-la, o viajante teve que se ajoelhar. Estava escrito:

Aqui jaz o velho comandante. Seus seguidores, que agora devem permanecer anônimos, o sepultaram e erigiram este túmulo. Há uma profecia segundo a qual, passado determinado número de anos, o comandante vai ressuscitar e, a partir desta casa, conduzirá seus seguidores para a reconquista da colônia. Creiam e esperem!

Quando o viajante leu aquilo e voltou a se levantar, viu os homens que estavam à sua volta sorrindo, como se tivessem lido a inscrição com ele, achando-a ridícula, e agora o exortassem a compartilhar com eles da mesma opinião. O viajante fez como se nada percebesse, distribuiu entre eles algumas moedas, esperou até que a mesa fosse recolocada sobre o túmulo, deixou a casa de chá e dirigiu-se ao porto.

O soldado e o condenado tinham encontrado conhecidos na casa de chá, que os retiveram ali. Mas eles logo devem ter se desvencilhado deles, pois o viajante ainda estava à meia altura da longa escadaria que conduzia aos barcos quando eles se puseram a correr atrás dele. Provavelmente pretendiam obrigar o viajante a levá-los consigo, no último minuto. Enquanto o viajante, embaixo, negociava com um barqueiro a travessia até o navio, os dois desceram a escada, correndo, em silêncio, pois não ousavam gritar. Mas, quando eles chegaram lá embaixo, o viajante já se encontrava no barco, que o barqueiro já soltava do cais. Eles ainda teriam sido capazes de saltar para dentro do barco, mas o viajante ergueu uma corda pesada, cheia de nós, ameaçando-os com ela e assim levando-os a desistir do salto.

# Na galeria

Se alguma cavaleira artística de circo, frágil, tuberculosa, fosse conduzida em círculos, por meses a fio, sobre um cavalo vacilante, diante de um público incansável, por um chefe inclemente, munido de um chicote, zunindo sobre o cavalo, lançando beijos, equilibrando-se pela cintura, e se esse espetáculo se prolongasse indefinidamente, avançando sobre um futuro cinzento, em meio ao estrondo ininterrupto da orquestra e do ventilador, acompanhado das palmas que, na verdade, provêm de martelos a vapor, e que diminuem e voltam a crescer — talvez, então, algum jovem espectador, acomodado na galeria, descesse pela escadaria, passando por todas as fileiras, se lançasse sobre o picadeiro, e gritasse: — Pare!, em meio às fanfarras da orquestra que sempre ajusta seu ritmo.

Mas as coisas não são assim. Como a bela dama, vestida de branco e vermelho, voa para dentro do picadeiro, por entre as cortinas que são abertas na sua frente por orgulhosos porteiros, trajados com libré, e o diretor busca com devoção seus olhos, e respira diante dela, com uma postura de animal, e cuidadosamente a ergue sobre o cavalo branco malhado de cinza, como se ela fosse sua própria neta, a quem ele amasse acima de tudo, que estivesse se arriscando numa cavalgada perigosa, e não fosse capaz de dar o sinal da partida com seu chicote, mas, por fim, superasse a si mesmo, dando o sinal, que estala, e corre, boquiaberto, ao lado do cavalo, e acompanha com os olhos os saltos da cavaleira, e mal é capaz de compreender a sua habilidade, e tenta adverti-la, com exclamações em inglês, e exorta os cavalariços, que seguram arcos, e os exorta, enfurecido, a tomarem o máximo cuidado, e convoca a orquestra, com as mãos erguidas, antes do grande salto mortal, para que silencie, e finalmente ergue a pequena do cavalo trêmulo, a beija em ambas as faces e não considera suficiente nenhum aplauso do público, enquanto ela mesma, apoiada nele, na ponta dos pés, rodeada de poeira, com os braços estendidos, com a cabeça inclinada para trás, quer compartilhar sua felicidade com todo o circo — como as coisas são assim, o espectador, na galeria, apoia sua cabeça sobre a balaustrada e, durante a marcha final, como se estivesse mergulhando num sonho profundo, chora, sem perceber.

Onze filhos

Eu tenho onze filhos.

O primeiro tem uma péssima aparência, mas é sério e inteligente. Ainda assim, eu não o aprecio muito, ainda que o ame como amo todos os outros. Sua maneira de pensar me parece simplória demais. Ele não olha para a direita, nem para a esquerda, nem para diante. No âmbito estreito dos seus pensamentos, ele corre sempre em volta de um ponto. Ou melhor: dá voltas.

O segundo é bonito, esbelto, bem construído. É um deleite observá-lo em pose de espadachim. Ele também é inteligente, mas, além disso, conhece o mundo. Ele viu muito e, por isso, até mesmo a natureza da terra natal parece lhe falar com maior intimidade do que com os outros, que permaneceram em casa. Mas essa vantagem não se deve apenas às viagens, nem a elas se deve de maneira significativa, e sim ao que essa criança tem de inimitável, que é reconhecido por todos os que, por exemplo, tentam imitar sua maneira de saltar na água, girando várias vezes em torno de si mesmo, de maneira selvagem, mas ainda assim controlada. A coragem e a vontade daqueles que tentam imitá-lo bastam para levá-los até a ponta do trampolim, mas, uma vez ali, em vez de saltar, o imitador se senta, subitamente, e ergue os braços, pedindo desculpas. E, apesar de tudo isso (eu deveria me sentir feliz por ter um filho assim), minha relação com ele não é livre de perturbações. Seu olho esquerdo é um pouco menor do que o direito, e pisca muito, realmente uma pequena falha, que, aliás, torna seu rosto mais atrevido do que seria sem isso, e ninguém, diante da inalcançável timidez de seu ser, haveria de observar com reprovação esse olho menor que pisca. Mas eu, que sou o pai, o faço. Evidentemente, não é esse pequeno defeito físico que me incomoda, e sim uma pequena irregularidade de seu espírito, que a ele corresponde, algum veneno que vaga pelo seu sangue, alguma incapacidade de realizar plenamente o propósito de sua vida, que só eu sou capaz de enxergar. Mas, por outro lado, é exatamente isso que faz dele meu verdadeiro filho, pois esse seu defeito é, ao mesmo tempo, o defeito de toda a família, que apenas se torna particularmente evidente nesse filho.

O terceiro filho é igualmente bonito, mas não é sua beleza o que me agrada. É a beleza de um cantor: a boca recurva, o olho sonhador, a cabeça que necessita de uma cortina pregueada atrás de si para surtir algum efeito, o peito que se estufa desproporcionalmente, as mãos que se erguem com facilidade e que voltam a cair com excessiva facilidade, as pernas que se destacam porque não são capazes de suportá-lo. E, além disso, o tom de sua voz não é pleno. Por um instante, ele desafia, leva um conhecedor a ouvi-lo com atenção, mas logo seu fôlego se interrompe. Embora, de modo geral, tudo levasse a querer exibir esse filho, eu prefiro escondê-lo. Ele mesmo não se impõe, não porque conhece seus defeitos, mas por ingenuidade. Ele também se sente como um estranho em nosso tempo, como se pertencesse à minha família, mas, ao mesmo tempo, a outra, que tivesse perdido para sempre. Ele costuma estar desanimado, e não há nada que possa alegrá-lo.

Meu quarto filho talvez seja o mais amigável de todos. Uma verdadeira criança de seu tempo, ele é compreendido por todos, tem os pés no solo comum a todos, e todos se sentem tentados a acenar afirmativamente a ele. Talvez por meio desse reconhecimento geral, seu ser ganhe alguma leveza; seus movimentos, alguma liberdade; seus julgamentos, alguma despreocupação. Frequentemente, tem-se vontade de repetir algumas das coisas que ele diz, mas só algumas, pois, de modo geral, ele sofre de leviandade excessiva. Ele é como alguém que salta de maneira admirável, alça voo como uma andorinha, mas acaba na aridez do pó, um nada. Pensar nisso amargura a visão que tenho desse filho.

O quinto filho é amável e bondoso, prometia ser muito menos do que é e era tão insignificante que, em sua presença, a gente se sentia realmente só. Mas, ainda assim, ele alcançou certa proeminência. Quando me perguntam como isso aconteceu, mal sou capaz de responder. A ingenuidade é talvez o que mais facilmente penetra em meio ao tumulto dos elementos deste mundo, e ele é, de fato, ingênuo. Talvez, ingênuo demais. Amigável com todos. Talvez amigável demais. Eu confesso: não me sinto bem quando o elogiam na minha frente. Pois, quando se elogia alguém tão evidentemente digno de elogios quanto o meu filho, fica fácil demais elogiar.

Meu sexto filho, pelo menos à primeira vista, parece ser o mais profundo de todos. Cabisbaixo e, ainda assim, loquaz. Por isso, não é fácil aproximar-se dele. Se ele está abatido, mergulha numa tristeza inescapável. Quando consegue se animar, mantém-se assim, tagarelando. Ainda assim, não tenho como negar que ele tenha certa paixão avassaladora. À luz do dia, luta com seus pensamentos, como se estivesse num sonho. Sem estar doente — na verdade, ele tem ótima saúde —, às vezes tropeça na penumbra, mas não necessita de ajuda, pois não cai. Talvez a causa desse sintoma seja seu desenvolvimento físico, ele é grande demais para a sua idade. Isso o torna feio, como um todo, ainda que partes de seu corpo chamem a atenção pela beleza, como as mãos e os pés. Aliás, sua testa também é feia, tanto a pele quanto a forma do osso, que parece, de alguma maneira, encolhido.

O sétimo filho me pertence, talvez mais do que todos os outros. O mundo não sabe honrá-lo e é incapaz de compreender seu humor peculiar. Eu não exagero na avaliação que faço dele: sei que ele é bastante insignificante. Se o único defeito do mundo fosse o de não saber honrá-lo, ainda assim o mundo permaneceria imaculado. Mas eu não gostaria de ver esse filho longe do círculo familiar. Ele traz intranquilidade, mas também respeito pela tradição, e tenho a sensação de que ele é capaz de juntar essas duas coisas numa totalidade inexpugnável. Com essa totalidade, porém, ele mesmo é quem menos sabe fazer alguma coisa. Não será ele que levará a roda do futuro a rodar. Mas sua disposição é tão animadora, tão esperançosa. Eu gostaria que ele tivesse filhos e que estes, por sua vez, também tivessem filhos. Infelizmente esse desejo não parece querer realizar-se. Com uma autossuficiência que me é compreensível, mas também indesejada, e que, no entanto, está em evidente contradição com o julgamento de seu ambiente, ele conduz sua vida de maneira solitária, não se interessa por moças e, ainda assim, jamais perderá seu bom humor.

Meu oitavo filho é a minha criança-problema, e eu não sei qual é o real motivo disso. Ele me olha com estranhamento e, ainda assim, tenho com ele uma ligação paterna muito íntima. O tempo curou muita coisa, mas antes eu era tomado de tremores apenas ao pensar nele. Ele segue seu próprio caminho, rompeu todos os laços comigo e certamente, com sua cabeça dura e com seu pequeno corpo atlético — só suas pernas eram bastante fracas quando era menino, mas talvez isso já tenha se equilibrado —, chegará a todos os lugares aos quais desejar chegar. Muitas vezes, tive vontade de chamá-lo de volta, de lhe perguntar como está, por que se isola tanto do pai e o que, afinal, pretende. Mas agora ele está tão longe, e já se passou tanto tempo, que as coisas também podem muito bem ficar como estão. Ouço dizer que ele é o único entre os meus filhos a usar barba. Naturalmente que, para um homem tão pequeno, isso não fica nada bonito.

Meu nono filho é muito elegante e tem, para as mulheres, um olhar doce. Tão doce que, às vezes, ele é até mesmo capaz de seduzir a mim, que sei que basta uma esponja úmida para remover todo esse brilho sobre-humano. O que há de especial nesse jovem, porém, é que ele não pretende ser um sedutor. Bastaria a ele passar a vida inteira deitado no sofá, desperdiçando com o forro do teto os seus olhares ou, melhor ainda, deixando seu olhar repousar por trás das pálpebras. Quando ele se encontra nessa que é sua posição predileta, gosta de falar, e não o faz mal: de maneira sucinta e vívida, mas ainda assim só dentro de certos limites. Ao ultrapassá-los, o que não é difícil acontecer, dada a exiguidade destes, sua fala se torna completamente vazia. A gente teria vontade de fazer um gesto para que ele se calasse, se houvesse alguma esperança de que seu olhar, impregnado de sono, o percebesse.

Meu décimo filho é considerado um caráter pouco sincero. Não pretendo negar totalmente esse defeito, nem tampouco confirmá-lo totalmente. O fato é que quem o vê aproximar-se, com sua solenidade que supera, em muito, o que seria de se esperar para sua idade, sempre com o paletó fechado, com seu chapéu preto velho, mas exageradamente escovado e bem cuidado, com seu rosto imóvel, com seu queixo um tanto protuberante, com seus cílios espessos, que se curvam pesadamente sobre os olhos, com os dois dedos que às vezes ele leva para junto da boca — quem o vê assim pensa: "Este é um hipócrita sem limites". Mas ouçamos como ele fala! Com clareza, reflexão, concisão, respondendo às perguntas com uma vitalidade irônica e astuciosa, com uma harmonia evidente, sempre alegre com o mundo todo, uma harmonia que, necessariamente, faz o pescoço esticar-se e o corpo erguer-se. Muitos, que se consideravam bastante espertos e que, por esse motivo, como dizem, se sentiam repelidos pela aparência dele, foram fortemente atraídos por suas palavras. Mas há também pessoas que permanecem indiferentes ante sua aparência e que consideram hipócritas suas palavras. Eu, como pai, não quero decidir essa questão, mas preciso confessar que estes julgamentos me parecem mais dignos de nota do que aqueles.

Meu décimo-primeiro filho é delicado e é também o mais fraco dentre eles, mas engana em sua fraqueza. Pois, às vezes, ele é capaz de ser forte e determinado, ainda que, mesmo nesses casos, a fraqueza permaneça, de alguma maneira, como sua característica fundamental. Não se trata, porém, de uma fraqueza capaz de causar vergonha, e sim de algo que apenas se parece com fraqueza em nosso mundo. Pois a disposição para o voo, por exemplo, não é também uma fraqueza, já que ela é, de fato, oscilação, incerteza e fragilidade? É algo assim que meu filho mostra. É evidente que características como essas não alegram a um pai, pois elas contribuem para a destruição da família. Às vezes, ele me olha como se quisesse dizer: "Vou levar você comigo, pai". E então eu penso: "Você seria o único em quem eu seria capaz de confiar". E seu olhar, novamente, parece dizer: "Então, que eu seja pelo menos o último".

Esses são os onze filhos.

Um artista da fome

Nas últimas décadas, o interesse por artistas da fome diminuiu muito. Se antes era possível obter um bom dinheiro organizando grandes espetáculos desse gênero, hoje isso se tornou totalmente impossível. Eram outros tempos. Antigamente, a cidade toda voltava sua atenção para o artista da fome. De um dia de fome para o outro, o interesse aumentava. Todos queriam ver o artista da fome pelo menos uma vez por dia. E, nos dias finais, havia assinantes que passavam dias inteiros sentados diante da pequena gaiola. Até a noite, havia visitas, sob a luz de tochas, para aumentar o efeito. Nos dias bonitos, a gaiola era levada para fora e colocada ao ar livre, e era principalmente às crianças que se mostrava o artista da fome. Para os adultos, muitas vezes, ele era apenas diversão, da qual se participava porque estava na moda; as crianças, porém, olhavam admiradas, boquiabertas, segurando as mãos umas das outras a fim de tranquilizarem-se, para o homem pálido, vestido com uma malha preta, com as costelas muito salientes, sentado sobre a palha espalhada, desprezando até mesmo uma cadeira. Ele, às vezes, assentia com a cabeça, com gentileza, e, sorrindo com esforço, respondia a perguntas, estendia o braço por entre as grades para que pudessem sentir sua magreza, mas então voltava a mergulhar em si mesmo, não se importando com ninguém, nem mesmo com as badaladas do relógio, que era a única peça de mobiliário de sua gaiola, e que era tão importante para ele. Em vez disso, ele apenas olhava para a frente, com os olhos semicerrados, e às vezes tomava um gole de um minúsculo copo de água, para umedecer os lábios.

Além dos espectadores passageiros, havia os permanentes, que eram os vigias eleitos pelo público. Curiosamente tratava-se, na maioria das vezes, de açougueiros que, sempre em grupos de três, ficavam encarregados de observar o artista da fome de dia e de noite, para que ele não comesse nada às escondidas. Mas aquilo, afinal, era apenas uma formalidade, que fora introduzida com o propósito de tranquilizar as massas, pois os iniciados sabiam bem que, durante seu período de jejum, o artista da fome jamais, e sob nenhuma circunstância, nem mesmo à força, comeria algo, nem mesmo a menor porção, pois a honra de sua arte o impedia de fazê-lo. Evidentemente, nem todos os vigias eram capazes de compreender aquilo, e, às vezes, havia grupos de vigilantes noturnos que desempenhavam suas tarefas de maneira muito desleixada, sentando-se, propositalmente, em algum canto distante e ali se concentrando em seus jogos de cartas, com a clara intenção de permitir ao artista da fome alimentar-se um pouco com algum bocado que, na opinião deles, ele haveria de apanhar de algum lugar secreto. Não havia nada capaz de torturar o artista da fome mais do que vigilantes assim: eles o entristeciam e dificultavam ainda mais seu jejum. Às vezes, ele superava sua fraqueza e se punha a cantar, na medida em que isso lhe era possível, durante essas vigílias, para mostrar às pessoas que suspeitavam dele injustificadamente. Mas isso adiantava muito pouco, pois elas se admiravam com sua capacidade de cantar até mesmo enquanto estivesse comendo. Ele preferia os vigilantes que se sentavam junto às grades e que, não se dando por satisfeitos com a fraca iluminação noturna da sala, o iluminavam com as lanternas elétricas, que o empresário colocava à sua disposição. A luz ofuscante não o incomodava. De qualquer maneira, ele não tinha como dormir, e cochilar um pouco era-lhe sempre possível, sob qualquer luz e a qualquer hora, até mesmo na sala barulhenta e superlotada. Ele até mesmo estava disposto a passar noites inteiras sem dormir, em companhia de vigilantes assim, gracejando com eles, contando-lhes histórias a respeito de sua vida de nômade e então ouvindo, também, as histórias que eles lhe contavam, tudo apenas com o propósito de mantê-los acordados para assim poder voltar sempre a lhes mostrar que não havia, em sua gaiola, nada comestível, e que ele passava fome de uma maneira que nenhum deles seria capaz. Mas o que mais o alegrava era a chegada da manhã, quando era servido, por conta dele, um opulento café da manhã, sobre o qual os vigilantes se lançavam com o apetite voraz dos homens saudáveis, depois dos esforços da noite de vigília. Havia até mesmo pessoas que queriam ver esse café da manhã como uma maneira inadequada de tentar influenciar os vigilantes, mas isso já era um exagero e, quando se perguntava a eles se estariam dispostos a se encarregar da vigilância noturna mesmo sem o café da manhã, eles mudavam de assunto, mas, ainda assim, insistiam em suas suspeitas. Isso, porém, já fazia parte das suspeitas que acompanhavam o jejum, pois não havia ninguém que fosse capaz de passar todos os dias e todas as noites, ininterruptamente, junto do artista da fome, isto é, não havia ninguém que pudesse saber, pela própria experiência, se, de fato, ele jejuara ininterruptamente e sem nenhuma falha. Só quem podia saber aquilo era o próprio artista da fome, isto é, apenas ele mesmo poderia ser, também, o espectador plenamente satisfeito de sua própria fome. Mas havia outro motivo pelo qual ele nunca estava satisfeito. Talvez a causa real de sua magreza extrema, que até mesmo, para a tristeza deles, mantinha alguns espectadores afastados de suas apresentações, não fosse a fome, e sim a insatisfação consigo mesmo. Pois ele era o único que sabia como era fácil passar fome, algo que nem mesmo os iniciados sabiam. Aquilo era a coisa mais fácil do mundo, e ele mesmo não fazia nenhum segredo disso, embora ninguém acreditasse no que ele dizia. No melhor dos casos, achava-se que ele fosse modesto, ou que tivesse sede de publicidade, ou até mesmo que fosse um mentiroso, para quem era fácil passar fome, porque ele sabia como tornar aquilo fácil e, além disso, tinha a ousadia de, em certa medida, confessar o que fazia. Ele era obrigado a aceitar tudo isso e, com o passar dos anos, acostumara-se, embora em seu íntimo essa insatisfação o devorasse. Nunca, depois

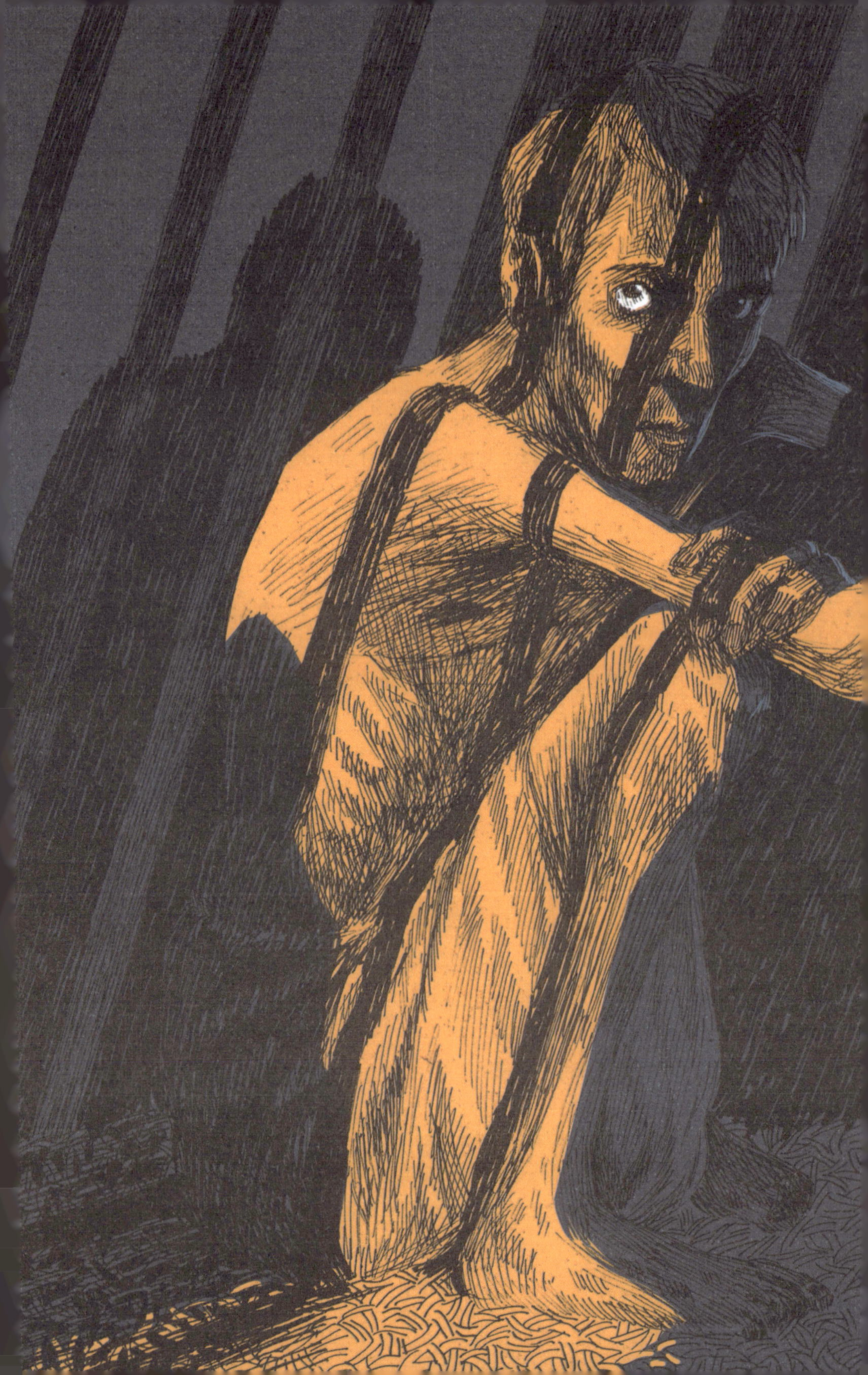

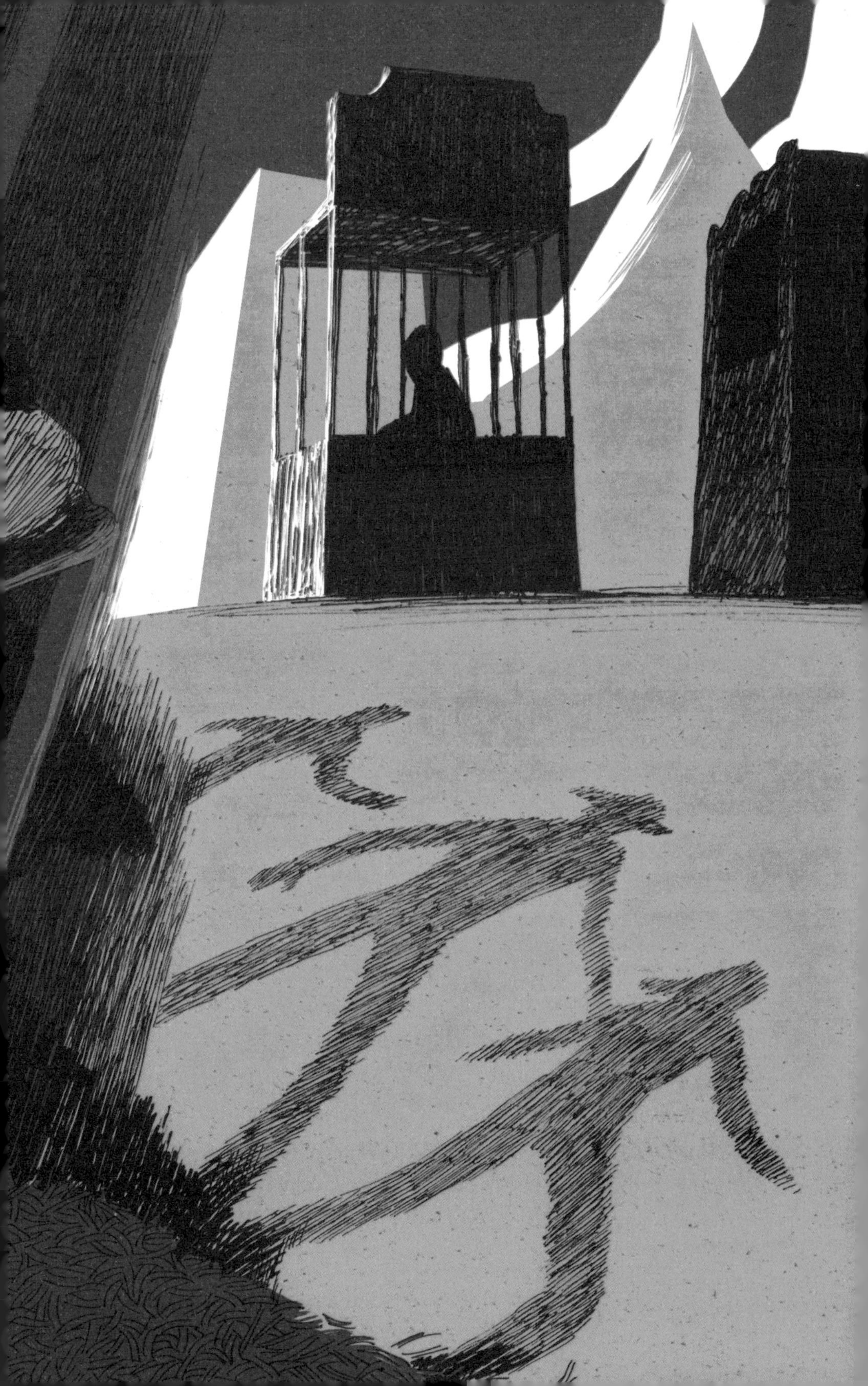

de nenhum de seus períodos de fome — e era preciso que este testemunho fosse feito em seu favor —, ele deixou sua gaiola por sua própria vontade. O empresário estabelecera quarenta dias como período máximo para seu jejum e nunca permitia que ele jejuasse por períodos maiores, nem mesmo nas grandes metrópoles do mundo. E havia bons motivos para isso. Pois a experiência mostrava que, por cerca de quarenta dias, era possível ampliar o interesse de uma cidade, por meio de anúncios gradativamente mais intensos, mas que, a partir daí, o público falhava. Observava-se uma redução significativa do interesse. É evidente que havia, nesse particular, pequenas diferenças entre o que se passava nas cidades e o que se passava no campo, mas a regra era que quarenta dias fossem o período máximo. E então, no quadragésimo dia, a porta da gaiola, toda enfeitada com flores, era aberta, um público entusiasmado tomava o anfiteatro, uma banda militar tocava, dois médicos entravam na gaiola para fazer as medições necessárias no artista da fome e, por meio de um megafone, os resultados eram anunciados à sala. Por fim, vinham duas jovens, felizes por terem sido sorteadas para desempenhar esta tarefa, e pretendiam conduzir o artista da fome até uma mesinha, colocada alguns degraus abaixo da gaiola, sobre a qual uma refeição de enfermos, preparada com o máximo cuidado, estava pronta para ser servida. E, nesse instante, o artista da fome sempre se recusava a comer. É verdade que ele, voluntariamente, apoiava seus braços ossudos nas mãos estendidas das jovens, que se inclinavam sobre ele para ampará-lo, mas levantar-se ele não queria. Por que parar justamente agora, depois de quarenta dias? Ele ainda poderia aguentar por muito mais tempo, por um tempo ilimitado. Por que parar agora, quando se encontrava no melhor ponto do jejum — ou ainda nem tinha alcançado esse ponto? Por que queriam privá-lo da fama de continuar jejuando, de tornar-se não apenas o maior artista da fome de todos os tempos, algo que provavelmente ele já era, mas também de superar a si mesmo até o inimaginável, já que ele sentia que não havia limites para sua capacidade de passar fome? Por que essa multidão, que se portava como se o admirasse tanto, tinha tão pouca paciência com ele? Se ele aguentava continuar jejuando, por que a multidão não queria suportar que ele o fizesse? Além disso, ele estava cansado, sentia-se bem sentado na palha, e por que haveria de erguer-se, colocar-se sobre os pés e ir comer aquela comida que, só de pensar nela, já lhe causava enjoo, algo que ele resistia com dificuldade em expressar, e por consideração às senhoras. E, assim, ele erguia o olhar em direção àquelas senhoras, aparentemente tão amistosas, mas na realidade tão cruéis, e sacudia sua cabeça, cujo peso, sobre seu pescoço fraco, era excessivo. Mas, então, acontecia o que sempre acontecia. O empresário aproximava-se, erguia, mudo — a música tornava impossível conversar —, os braços por sobre o artista da fome, como se assim estivesse convocando os céus a contemplarem sua obra, aqui sobre a palha, este mártir lamentável, que de fato o artista da fome era, mas num sentido totalmente outro. E então ele apanhava o artista da fome pela cintura magra, enquanto, com um cuidado exagerado, queria fazer parecer que se tratava de uma coisa extremamente frágil, e o entregava — sem deixar de sacudi-lo um pouco, disfarçadamente, para que o artista da fome vacilasse para um lado e para o outro, descontrolado, com as pernas e o tronco — às senhoras que, entrementes, tinham ficado pálidas como cadáveres. E agora o artista da fome suportava tudo. Sua cabeça estava encostada no peito, como se tivesse escorregado, ali permanecendo de maneira inexplicável. Seu corpo estava oco. Suas pernas apoiavam-se, uma na outra, pelos joelhos, tentando mantê-lo em pé, e escavavam o chão, como se aquele não fosse o chão verdadeiro e elas ainda estivessem procurando por ele, e todo o peso de seu corpo, ainda que ele fosse muito pequeno, apoiava-se numa das senhoras que, em busca de ajuda, com o fôlego ofegante — ela não imaginava que aquele trabalho voluntário seria assim —, primeiro esticava tanto quanto podia seu pescoço, para preservar ao menos o rosto de qualquer contato com o artista da fome, e então, não conseguindo, e como sua companheira, mais afortunada, não vinha ampará-la, dando-se por satisfeita em segurar, trêmula, a mão do artista da fome, aquele pequeno feixe de ossos, desatava a chorar diante das gargalhadas entusiasmadas de toda a sala e precisava ser substituída por um serviçal, que estava pronto a entrar em ação fazia tempo. E então chegava a hora da comida, da qual o empresário instilava um pouco na boca do artista da fome, que permanecia mergulhado numa sonolência meio inconsciente, em meio a gracejos que tinham como propósito desviar a atenção do público do estado do artista da fome. E então um brinde era anunciado ao público, que, supostamente, fora sussurrado ao empresário pelo artista da fome, e a banda reforçava tudo por meio de uma grande fanfarra. E então o público se dispersava, e ninguém tinha o direito de estar insatisfeito com o que fora visto. Ninguém, exceto o artista da fome. Sempre só ele.

E assim ele viveu, por muitos anos, com breves e regulares períodos de descanso, honrado pelo mundo em seu brilho aparente, mas, ainda assim, triste durante a maior parte do tempo. E sua tristeza agravava-se ainda mais porque ninguém o levava a sério. E como haveriam de consolá-lo? O que mais ele poderia desejar? E quando, às vezes, aparecia uma pessoa bondosa, que tivesse pena dele, e que quisesse lhe dizer que provavelmente sua tristeza era causada pela fome, podia acontecer que, em estágios avançados do jejum, o artista da fome lhe respondesse com um acesso de fúria e, para o grande temor de todos, começasse a sacudir as grades como um animal. Mas, diante de uma situação assim, o empresário dispunha de um meio de punição, do qual fazia uso com prazer: diante do público reunido, ele desculpava o artista da fome e alegava que só a irritabilidade causada pela fome, incompreensível para as pessoas saciadas, tornava perdoável seu comportamento. E, a partir daí, passava a falar sobre a alegação do artista da fome, de que poderia passar fome por ainda muito mais tempo do que passava fome, que só poderia ser explicada dessa maneira. Em seguida, passava a elogiar o grande empenho, a boa vontade e a grande renúncia a si mesmo que, certamente, estavam implícitas em semelhante alegação.

Mas, então, tentava desmentir a alegação do artista da fome de maneira bastante simples, mostrando fotografias, que também eram vendidas, nas quais ele aparecia num quadragésimo dia de jejum, deitado numa cama, quase morto de exaustão. Essa adulteração da verdade, que já era bem conhecida do artista da fome, mas que ainda assim voltava sempre a enervá-lo, era demais para ele. Aquilo que era a consequência de uma interrupção prematura do jejum era aqui representado como sua causa! Não havia como combater esse mal-entendido, esse universo de mal-entendidos. Ainda há pouco, de boa-fé, ele se colocara junto à grade de sua gaiola, ouvindo atentamente as palavras do empresário. Mas, diante do surgimento daquelas fotografias, ele invariavelmente largava a grade, e precipitava-se, em meio a suspiros, sobre a palha, e o público, tranquilizado, novamente podia aproximar-se e observá-lo.

Quando aqueles que haviam testemunhado cenas assim voltavam a pensar nelas, passados alguns anos, eram incapazes de compreendê-las. Pois, nesse meio-tempo, ocorrera a mudança que foi mencionada e que se deu de forma quase súbita. É possível que houvesse razões profundas para aquilo, mas a quem interessava investigá-las? Seja como for, o tão querido artista da fome certo dia viu-se abandonado pela multidão em busca de divertimento, que passou a correr em busca de outros tipos de espetáculos. Mais uma vez, o empresário percorreu, com ele, metade da Europa, para ver se não seria possível encontrar, aqui ou ali, o antigo interesse. Foi tudo em vão. Como se fosse uma conspiração secreta, formara-se, em toda parte, uma verdadeira aversão aos espetáculos de fome. É claro que, na verdade, algo assim não poderia ter ocorrido de maneira tão súbita, e agora, pensando em retrospecto, era possível lembrar-se de determinados sinais que, em seu tempo, em meio à embriaguez do sucesso, não tinham sido suficientemente notados, nem suficientemente suprimidos. Mas agora era tarde demais para fazer qualquer coisa contra isso. Era certo que, algum dia, haveria de voltar o tempo dos artistas da fome, mas, para quem estava vivo, aquilo não era nenhum consolo. O que haveria de fazer o artista da fome? Aquele que tinha sido comemorado por milhares de espectadores não podia se sujeitar a se exibir em barracas de quermesses e, para começar uma nova carreira, o artista da fome não só estava velho demais, como também, e principalmente, excessivamente ligado à fome, por uma devoção que já se tornara fanática. E assim ele dispensou o empresário, seu companheiro ao longo de uma carreira incomparável, e se empregou num grande circo. E, para preservar sua sensibilidade, nem sequer olhou as condições contratuais.

Um grande circo, com seus inúmeros aparelhos, animais e pessoas, que sempre se equilibram e se complementam, sempre é capaz de encontrar utilidade para qualquer um, e também para um artista da fome, desde que, é claro, suas exigências sejam modestas. Além disso, nesse caso específico, não era apenas o artista da fome que estava sendo contratado, como também seu antigo e famoso nome. Pois, diante das peculiaridades da sua forma de arte que, com o avanço da idade, não diminuía, nem sequer seria possível dizer que ele fosse um artista cansado, que já não mais estava no auge de suas capacidades e que estivesse tentando se refugiar na tranquilidade de um emprego no circo. Ao contrário, o artista da fome assegurava, o que era absolutamente verossímil, que continuava sendo capaz de passar fome tão bem quanto antes, e até mesmo alegava que, se o deixassem seguir sua vontade — e isso lhe foi prometido, sem maiores problemas —, agora, sim, é que provocaria o espanto justificado do mundo, uma alegação que, no entanto, tendo em consideração o espírito do tempo, algo de que, em sua ambição, o artista da fome se esquecera com facilidade, apenas provocava nos especialistas um sorriso.

Mas, fundamentalmente, o artista da fome não perdera de vista as circunstâncias reais e assim aceitou com naturalidade o fato de que ele e sua gaiola não fossem expostos como o número principal no centro do picadeiro, e sim que lhe fosse destinado um lugar do lado de fora, de resto facilmente acessível, junto aos estábulos. Cartazes, grandes e coloridos, cercavam a gaiola e anunciavam o que estava exposto ali.

Durante os intervalos, quando o público corria para os estábulos para olhar os animais, era quase inevitável que passasse pelo artista da fome, ali detendo-se um pouco. Talvez as pessoas permanecessem ali por um pouco mais de tempo, se não fosse pela circunstância de que a multidão que se apertava naquela passagem estreita, ansiosa pelos estábulos, não entendesse o sentido daquela parada, assim tornando impossível uma observação tranquila. Esse era também o motivo pelo qual o artista da fome estremecia antes desses horários de visita, os quais, naturalmente, ele desejava, pois eram sua razão de ser. Nos primeiros tempos, ele mal podia esperar pelos intervalos. Encantado, olhava para a multidão, que se apinhava, até que, cedo demais — também o mais teimoso, e quase consciente, autoengano era incapaz de resistir aos fatos —, ele se convenceu de que, na grande maioria dos casos, se tratava, sem exceção, pelo menos no que dizia respeito à sua intenção, de visitantes dos estábulos. Ainda assim, aquela visão, a distância, permanecia como o que havia de mais belo para ele. Pois, ao chegarem até ele, ele imediatamente se via envolto pelos gritos e pela ira de dois grupos, que voltavam sempre a se formar: aqueles que queriam ver o artista da fome de perto, não por compreenderem sua arte, mas por um desejo passageiro, ou por desprezo — e esse grupo logo se tornou o que mais o incomodava —, e aquele segundo grupo, que só queria alcançar os estábulos. Quando a multidão já tinha passado, chegavam os retardatários e estes, a quem nada impedia de permanecerem parados ali por tanto tempo quanto quisessem, passavam por ele a passos largos, quase sem olhar para o lado, para alcançarem a tempo os animais. Raramente acontecia que, por acaso, algum pai de família passasse por ali com os filhos, apontando com o dedo para o artista da fome, e então, explicando detalhadamente do que se tratava, contasse sobre o passado, quando ele estivera em apresentações semelhantes, porém incomparavelmente mais grandiosas. E então as crianças, por causa de sua preparação insuficiente por parte da escola e dos professores, ainda assim continuavam sem entender do que se tratava — o que significava, para elas, a fome? Ainda assim, no brilho de seus olhos curiosos, revelava-se algo dos novos e mais benfazejos tempos que estavam por vir. E assim, às vezes, o artista da fome dizia a si mesmo que, talvez, as coisas pudessem melhorar um pouco, se ele não estivesse colocado tão perto dos estábulos. Pois, dessa maneira, a escolha do público seria bem mais fácil, sem dizer que o cheiro dos estábulos, a intranquilidade dos animais, à noite, a carne crua que era levada, diante de sua gaiola, aos predadores e a gritaria na hora em que os animais eram alimentados o incomodavam e o oprimiam, constantemente. Apesar disso, ele não ousava falar com a direção do circo a esse respeito. Por outro lado, ele devia aos animais aquele número de espectadores, em meio aos quais, vez por outra, havia algum que, de fato, se destinava a ele e, além disso, quem é que sabe onde haveriam de escondê-lo se ele os lembrasse de sua existência e, com isso, também os lembrasse de que, na verdade, ele não era nada além de um impedimento no caminho para os estábulos.

Um pequeno impedimento, no entanto, um impedimento cada vez menor. Eles tinham se habituado a pensar que era muito estranha a ideia de que, nos dias de hoje, alguém pudesse se interessar por um artista da fome. Com isso, seu destino estava selado. Ele poderia passar fome tanto quanto quisesse e pudesse e, de fato, ele o fazia, mas já não havia mais nada nem ninguém capazes de salvá-lo. As pessoas simplesmente passavam por ele. E vá alguém tentar explicar isso ao artista da fome! Quem não sente também não é capaz de compreender. Os lindos cartazes foram ficando sujos e ilegíveis. Foram arrancados e a ninguém ocorreu substituí-los. A tabuleta com o número de dias de jejum acumulados, que nos primeiros tempos era atualizada diariamente, permanecia havia muito tempo inalterada, pois, passadas as primeiras semanas, até mesmo esse pequeno serviço parecia excessivo ao pessoal do circo. E, assim, o artista da fome continuava a passar fome, como ele sonhara, um dia e, sem nenhum esforço, ele foi capaz de fazê-lo exatamente como previra antigamente, mas já não havia ninguém que contasse os dias, e ninguém, nem mesmo o artista da fome, sabia estimar as dimensões da sua façanha, e seu coração se tornou pesaroso. E quando, certa vez, alguém passava distraidamente por ali, caçoando da velha cifra e falando de enganação, aquilo se tornou a pior mentira que poderia ser concebida pela indiferença e pela maldade inata do ser humano, pois não era o artista da fome quem enganava alguém. Ele trabalhava honestamente. Quem o enganava e quem o privava, injustamente, de sua recompensa era o mundo.

Mas, então, passaram-se, outra vez, muitos dias, e também aquilo chegou a um fim. Certa vez, a gaiola chamou a atenção de um supervisor, e este perguntou aos serventes por que aquela gaiola, que poderia ser bem útil, era deixada ali, sem uso, cheia de palha podre. Ninguém soube responder à sua pergunta, até que um deles, com a ajuda da tabuleta com as cifras, se lembrou do artista da fome. Com paus, reviraram a palha e, em meio a ela, o artista da fome foi encontrado.

— Você ainda está jejuando? — perguntou o supervisor. — Quando é que isso vai acabar?

— Peço desculpas por tudo — sussurrou o artista da fome.

Só o supervisor, cuja orelha estava encostada na grade, o entendeu.

— Certamente — disse o supervisor, colocando um dedo junto à testa para assim dar a entender ao pessoal o estado em que se encontrava o artista da fome. — Nós o perdoamos.

— O tempo todo eu queria que vocês se admirassem com o meu jejum — disse o artista da fome.

— E nós, de fato, o admiramos — disse o supervisor, em tom conciliador.

— Mas vocês não deveriam admirar-me — disse o artista da fome.

— Então não o admiramos — disse o supervisor. — Mas por que não deveríamos admirá-lo?

— Porque tenho necessidade de passar fome, não sou capaz de fazer outra coisa — disse o artista da fome.

— Veja isso! — disse o supervisor. — Por que você não é capaz de fazer outra coisa?

— Porque — disse o artista da fome, levantando um pouco a cabeça e fazendo um biquinho com os lábios, como se estivesse para dar um beijo, e colocando-os junto da orelha do supervisor, para que nada do que ele dissesse se perdesse —, porque não fui capaz de encontrar nenhum alimento que me agradasse. Se eu o tivesse encontrado, acredite em mim, não teria feito nenhum espetáculo, e teria comido até me saciar, como você e como todos.

Essas foram suas últimas palavras, mas em seus olhos, que se apagavam, ainda estava a convicção firme, embora não mais orgulhosa, de que ele continuava a passar fome.

— Agora arrumem isto! — disse o supervisor.

E o artista da fome foi enterrado junto com a palha. Na gaiola, enquanto isso, foi colocada uma jovem pantera. Até mesmo para o espírito mais obtuso, era uma alegria evidente ver aquele animal selvagem lançando-se, de um lado para o outro, naquela gaiola que ficara por tanto tempo vazia. Não havia nada que lhe faltasse. O alimento, do qual ela gostava, lhe era trazido pelos vigias, sem que eles pensassem muito a esse respeito. O animal nem sequer parecia sentir falta da liberdade. Aquele corpo nobre, equipado com tudo aquilo de que precisava, quase a ponto de arrebentar, parecia carregar também a liberdade, que parecia estar em algum lugar de sua mandíbula. E a alegria de viver brotava de sua garganta com tanta paixão que não era fácil, para os espectadores, permanecer ali. Mas eles se controlavam, cercavam a gaiola por todos os lados e nem pensavam em afastar-se dali.

Um médico rural

Eu estava numa situação muito embaraçosa: tinha à minha frente uma viagem urgente, um doente grave me aguardava, numa aldeia a uns quinze quilômetros de distância. Uma pesada nevasca preenchia a vasta distância que me separava dele. Eu tinha uma carruagem leve, com grandes rodas, exatamente como convém às nossas estradas rurais. Embrulhado no casaco de peles, e com a maleta de instrumentos na mão, eu já estava pronto para a viagem, no pátio. Mas faltava-me o cavalo, o cavalo. Meu próprio cavalo, por causa do esforço excessivo em meio a esse inverno gelado, morrera. Agora, minha empregada corria pela aldeia, para conseguir um cavalo emprestado. Mas não havia a menor possibilidade. Eu sabia e, cada vez mais mergulhado na neve, ficando cada vez mais paralisado, permanecia ali, sem propósito. No portão, apareceu a empregada, sozinha, balançando a lamparina. Claro, quem é que haveria de emprestar um cavalo, agora, para uma viagem como esta? Mais uma vez, olhei pelo pátio. Não encontrava nenhuma solução. Atordoado, torturado, chutei a porta quebradiça do chiqueiro, que já não era usado havia anos. Ela se abriu, oscilando, sobre as dobradiças, para dentro e para fora. Um calor e um cheiro que pareciam de cavalos saíram de lá. Uma lamparina de estábulo, opaca, balançava, dependurada numa corda. Um homem, agachado naquele barraco baixo, mostrava o rosto aberto, com olhos azuis.

— É para arrear o cavalo? — perguntou ele, rastejando de quatro.

Eu não sabia o que dizer e me abaixei para ver o que mais havia naquele chiqueiro. A empregada estava do meu lado.

— A gente não sabe as coisas que tem na própria casa — disse ela, e nós dois rimos.

— Olá irmão, olá irmã! — exclamou o cavalariço, e dois cavalos, animais poderosos, de flancos fortes, surgiram, um depois do outro, com os cascos junto ao corpo, abaixando suas cabeças bem formadas, como se fossem camelos, impelidos para fora do orifício da porta apenas pelos movimentos dos seus troncos, que preenchiam completamente aquele espaço. Mas logo ambos estavam eretos, a postos sobre seus cascos compridos, enquanto um vapor denso se erguia de seus corpos.

— Ajude-o — disse eu, e a empregada, de boa vontade, correu para dar ao cavalariço os arreios da carruagem. Mas, mal ela se aproxima dele, ele a agarra, encostando seu rosto no dela. Ela grita e foge em minha direção. Na bochecha da moça, estão impressas as marcas vermelhas de duas arcadas dentárias.

— Seu animal — grito eu, furioso —, você quer o chicote?

Logo, então, me lembro de que se trata de um estranho, que eu não sei de onde ele vem, e que ele está me ajudando, voluntariamente, numa situação em que os outros me falham. Como se adivinhasse meus pensamentos, ele não leva a mal minha ameaça e apenas se volta em minha direção, ainda ocupado com os cavalos.

— Suba — diz ele então e, de fato, tudo está pronto.

Logo percebo que nunca viajei antes com cavalos tão bonitos e, alegre, subo.

— Mas eu é que vou conduzir a carruagem, pois você não conhece o caminho — digo.

— Certamente — diz ele —, eu nem mesmo irei com você, ficarei aqui com a Rosa.

— Não — grita Rosa e, intuindo corretamente a inexorabilidade do seu destino, corre para dentro da casa.

Eu ouço os estalos da corrente com a qual ela tranca a porta, eu ouço a tranca fechando-se, eu vejo, além disso, como ela corre pelo corredor e por todos os aposentos, apagando todas as luzes, para poder se esconder.

— Você vem comigo — digo eu ao cavalariço — ou eu não irei, apesar da urgência. De maneira nenhuma, vou pagar por esta viagem com a moça.

— Vamos! — diz ele, batendo as palmas.

A carruagem é puxada para a frente pelos cavalos, como madeira pela correnteza. Ainda ouço como a porta da minha casa se arrebenta e se despedaça sob os golpes do cavalariço, e logo meus olhos e meus ouvidos estão completamente preenchidos por uma corrida que invade, igualmente, todos os sentidos. Mas isso também só dura um instante, pois, como se o pátio da casa do meu doente fosse imediatamente ao lado do portão do meu pátio, eu já cheguei lá. Os cavalos se detêm, tranquilos. A nevasca parou. À minha volta, brilha a luz da lua. Os pais do doente saem correndo da casa, a irmã dele vem atrás, eles quase me erguem da carruagem. De suas palavras confusas, não compreendo nada. No quarto do doente, o ar é quase irrespirável. A estufa, negligenciada, fumega. Vou abrir a janela, mas primeiro quero ver o doente. Magro, sem febre, nem frio nem quente, com olhos vazios, sem camisa, o rapaz se ergue de sob seu acolchoado de plumas, se agarra no meu pescoço e sussurra no meu ouvido:

— Doutor, deixe-me morrer.

Eu olho à minha volta, ninguém ouviu. Os pais permanecem mudos, inclinados para a frente, à espera da minha sentença. A irmã trouxe uma cadeira para minha maleta. Eu abro a maleta e procuro por algo em meio aos meus instrumentos. O rapaz, na cama, tateia, ininterruptamente, em minha direção, para me lembrar do seu pedido. Eu apanho uma pinça, a examino sob a luz das velas e volto a colocá-la de lado. "Sim", penso eu, praguejando, "em casos assim, os deuses ajudam, mandam o cavalo que falta, até acrescentam um segundo cavalo, por causa da pressa e, ainda por cima, oferecem o cavalariço".

Só agora eu me lembro novamente de Rosa. O que fazer? Como salvá-la? Como salvá-la desse cavalariço, estando a quase quinze quilômetros de distância dela, com esses cavalos ingovernáveis diante da minha carruagem? Esses cavalos que, de alguma maneira, soltaram os arreios, abriram as janelas, por fora, não sei de que jeito, enfiaram a cabeça, cada um por uma janela e, indiferentes aos gritos da família, observam o doente. "Vou voltar imediatamente", penso, como se os cavalos estivessem me exortando à viagem, mas, ao mesmo tempo, deixo que a irmã, que supõe que eu esteja atordoado pelo calor, me tire o casaco de peles. Um copo de rum é colocado na minha frente, o velho bate no meu ombro, a oferenda de semelhante tesouro parece justificar aquela intimidade. Eu balanço a cabeça. No estreito âmbito dos pensamentos do velho, eu estou me sentindo mal. Pois só pode ser esse o motivo pelo qual renuncio à bebida. A mãe permanece junto à cama, e me chama para junto dela. Eu a sigo e coloco a cabeça sobre o peito do rapaz, que estremece sob minha barba molhada, enquanto um dos meus cavalos relincha, alto, voltando-se em direção ao teto. Aquilo que eu sei comprova-se: o rapaz está são, apenas um pouco mal irrigado de sangue e ingeriu café em excesso, por insistência da mãe, preocupada. Mas ele está são, e o melhor seria arrancá-lo da cama com um golpe. Mas eu não sou alguém que pretende consertar o mundo e, por isso, o deixo deitado. Sou funcionário do distrito e cumpro com minhas obrigações, até o limite delas, até o ponto em que começo a passar da conta. Mesmo sendo mal remunerado, sou generoso e sempre disposto a ajudar os pobres. Ainda tenho que cuidar de Rosa, e então, que seja como o rapaz quer, e eu também quero morrer. O que faço aqui, em meio a este inverno sem fim! Meu cavalo morreu, e não há ninguém na aldeia que me empreste o seu. Preciso arrancar de dentro do chiqueiro os animais que atrelo à minha carruagem. Se não fossem, casualmente, cavalos, teria que arrear porcos para puxarem a carruagem. Assim são as coisas. E eu aceno com a cabeça para a família. Eles nada sabem a esse respeito e, se soubessem, não acreditariam. Escrever receitas é fácil, mas, fora isso, é difícil entender-se com as pessoas. Bem, assim minha visita estaria terminada, mais uma vez me fizeram vir até aqui à toa, já estou acostumado com isso. Com a ajuda da minha campainha noturna, o distrito inteiro me martiriza, mas que, além disso, agora eu ainda tenha que me dedicar a Rosa, essa moça bonita, que mora há anos em minha casa, e em quem eu mal prestara atenção — este sacrifício é grande demais, e eu preciso conceber, com astúcia, em minha cabeça, alguma solução, para não atacar esta família, que, mesmo com a melhor das boas vontades, não tem como me devolver Rosa. Mas, no instante em que fecho a minha maleta e aceno em direção ao meu casaco de peles, enquanto a família se encontra reunida, o pai funga sobre o copo de rum em sua mão, a mãe, provavelmente desapontada comigo — sim, mas o que essa gente espera? —, morde os lábios, em meio às lágrimas, e a irmã acena com um lenço muito ensanguentado. Vejo-me, então, de alguma maneira, disposto a admitir que, diante das circunstâncias, talvez o rapaz esteja doente. Eu me aproximo dele, ele sorri para mim, como se eu lhe estivesse levando a mais nutritiva das sopas — agora os dois cavalos relincham: que esse barulho, dirigido a lugares mais elevados, facilite a consulta — e então descubro que, sim, o rapaz está doente. Do seu lado direito, na região da bacia, formou-se uma ferida do tamanho da palma de uma mão. Rosada, com muitas nuanças, escura na parte mais funda, ficando mais clara nas bordas, ligeiramente granulosa, com edemas irregulares, aberta como uma mina sobre a superfície da terra. Assim parece, vista de longe. De perto, vê-se algo ainda mais grave. Quem será capaz de olhar para isso e se abster de assoviar? Vermes, tão grossos e tão compridos quanto meu mindinho, rosados por si sós e também manchados de sangue, reviram-se, sob a luz, presos no interior da ferida, com suas cabecinhas brancas, com suas muitas patinhas. Pobre rapaz. Não tenho como ajudá-lo. Encontrei sua grande ferida. Com esta flor ao seu lado, você vai morrer. A família está contente em observar minha atividade. A irmã diz para a mãe, a mãe diz para o pai, o pai diz para alguns hóspedes que, andando nas pontas dos pés e equilibrando-se com os braços estendidos, entram, sob a luz do luar, pela porta aberta.

— Você vai me salvar? — sussurra, soluçando, o rapaz, totalmente ofuscado pela vida que há em sua ferida.

Assim é a gente na minha região. Sempre querem o impossível do médico. A antiga crença, eles a perderam. O padre permanece sentado em casa, repuxando os paramentos de missa, estragando-os, um após o outro. Mas o médico tem que conseguir tudo, com sua delicada mão de cirurgião. Então, seja como for. Eu não me ofereci. Podem me usar para finalidades sagradas, que isso também aconteça comigo, que mais eu quero, velho médico de província que sou, tendo sido privado de minha empregada! E eles vêm, a família e o homem mais velho da aldeia, e tiram minha roupa. Um coro escolar, com um professor à frente, está diante da casa e canta, com uma melodia muito simples, o seguinte texto:

Dispam-no, e ele há de curar.
E, se ele não curar, matem-no!
É só um médico. É só um médico.

E então eu estou despido e olho, tranquilamente, para as pessoas, com os dedos enfiados na barba e com a cabeça inclinada. Mantenho-me tranquilo, sinto-me acima de tudo isso, e assim permaneço, ainda que não me adiante nada, pois agora eles me agarram pela cabeça e pelos pés e me põem na cama. Deitam-me junto à parede, ao lado da ferida. E então todos saem do quarto. A porta é fechada. A música se cala. Nuvens surgem diante da lua. A roupa de cama, à minha volta, está quente. As cabeças dos cavalos balançam, na penumbra, nos buracos das janelas.

— Você sabe — ouço uma voz sussurrando em meu ouvido —, confio bem pouco em você. Afinal, você apenas foi jogado aqui, em vez de vir sobre seus próprios pés. Em vez de me ajudar, você ainda me aperta em meu leito de morte. O que eu mais quero é arrancar os seus olhos à unha.

— Certo — digo —, isso é vergonhoso. Mas eu sou o médico. O que haverei de fazer? Acredite, as coisas tampouco são fáceis para mim.

— E com essa desculpa eu haverei de me dar por satisfeito? Sim, tenho que me dar por satisfeito. Sempre tenho que me dar por satisfeito. Vim para este mundo com uma bela ferida, foi a única coisa que recebi.

— Meu jovem amigo — digo eu —, seu único erro é que você não é capaz de ver as coisas de maneira abrangente. Eu, porém, que já andei por todos os quartos de doentes, em todos os lugares, lhe digo: sua ferida não é tão grave assim. Foi causada por dois golpes do lado mais estreito de uma enxada. Há muitos que são atingidos no flanco e nem sequer ouviram o barulho da enxada na floresta. E, menos ainda, sentiram que a enxada se aproximava deles.

— Isso é verdade ou você está me enganando, já que estou com febre?

— É verdade, leve para o além a palavra de honra de um médico do governo.

E ele aceitou, e ficou calado. Mas, agora, era chegada a hora de pensar em minha própria salvação. Os cavalos ainda permaneciam fielmente em seus lugares. As roupas, o casaco de peles e a maleta foram logo reunidos, e eu não queria perder tempo me vestindo. Se os cavalos se apressassem tanto quanto na vinda, eu certamente seria capaz de saltar dessa cama para a minha própria. Obediente, um dos cavalos afastou-se da janela. Eu lancei as coisas sobre a carruagem, o casaco voou longe demais e só ficou dependurado num gancho por uma manga. Muito bem. Lancei-me sobre o cavalo. Os arreios oscilavam, soltos, os cavalos mal estavam atrelados um ao outro, a carruagem oscilava, atrás, e por último ia o casaco, arrastando na neve.

— Vamos! — digo, mas nada de avançarem.

Tão devagar quanto velhos, nós seguimos pela desolação da neve. Por muito tempo soou, às nossas costas, a nova, e equivocada, canção das crianças:

Alegrem-se, pacientes,
O médico deitou-se na cama, a seu lado!

Desse jeito, jamais vou chegar em casa. Minha clientela florescente está perdida. Um sucessor vai tomar meu lugar, mas sem proveito, pois ele não será capaz de me substituir. Em minha casa, impera o furor do asqueroso cavalariço. Rosa é sua vítima. Não quero pensar nisso. Nu, exposto ao gelo dessa era infeliz, com uma carruagem terrestre e com cavalos que não são deste mundo, eu vago de um lado para o outro. Meu casaco de peles está dependurado na carruagem, mas eu não tenho como alcançá-lo, e ninguém, em meio a essa corja de doentes, mexe um dedo. Ludibriado! Ludibriado! Tendo seguido uma só vez os alarmes falsos da campainha noturna, já não há mais remédio.

Um relato para uma academia

Ilustres senhores da academia!

Os senhores me dão a honra de solicitar que eu entregue à academia um relato a respeito de minha vida anterior como macaco.

Nesse sentido, infelizmente, não tenho como cumprir com essa solicitação. Já quase cinco anos me separam da condição de macaco, um período que talvez pareça curto se medido pelo calendário, mas que é infinitamente extenso para ser atravessado como eu o fiz, em alguns trechos acompanhado por pessoas excelentes, conselhos, aplausos e música orquestral, mas fundamentalmente sozinho, pois todos os acompanhantes se mantiveram, para usar a mesma imagem, distantes da barreira que nos separava. Tal feito teria sido impossível se eu tivesse insistido, teimosamente, em me manter ligado à minha origem e às minhas lembranças de juventude. Abster-se de qualquer tipo de teimosia foi o mandamento mais importante que eu impus a mim mesmo: eu, sendo um macaco livre, me submeti a esse jugo. Dessa forma, porém, as lembranças se tornaram cada vez mais distantes de mim. Se, num primeiro momento, eu estava livre para voltar, se as pessoas quisessem, atravessando o portão que o céu forma sobre a terra, mais tarde, concomitantemente ao meu rápido desenvolvimento, este portão se tornou cada vez mais baixo e mais estreito, enquanto eu me sentia cada vez mais à vontade no mundo dos homens e a ele cada vez mais ligado. A ventania que me afastou de meu passado acalmou-se. Hoje, é apenas uma corrente de ar, que refresca meus calcanhares, e o distante orifício pelo qual ela sopra, e através do qual eu passei, há muito tempo, tornou-se tão exíguo que, se eu tivesse forças e vontade suficiente para correr de volta até ali, teria que arrancar a pele do meu próprio corpo para poder atravessá-lo. Para falar com franqueza, embora eu prefira falar por meio de imagens a respeito desse assunto, a natureza símia dos senhores, na medida em que, de fato, os senhores tenham algo assim, não poderia estar mais distante dos senhores do que minha natureza símia está longe de mim mesmo. Pois todos os que caminham sobre esta terra sentem coceiras nos calcanhares: o pequeno chimpanzé tanto quanto o grande Aquiles.

Num sentido mais restrito, porém, talvez eu seja capaz de responder à sua solicitação, e até mesmo o faço com grande prazer. A primeira coisa que aprendi foi dar a mão. Dar a mão dá provas de sinceridade. E hoje, quando me encontro no auge de minha trajetória, quero acrescentar àquele primeiro aperto também palavras sinceras. Isso não trará nada de novo para a academia e deixará muito a desejar em relação ao que me foi solicitado, algo que, com a melhor das boas vontades, não sou capaz de dizer — ainda assim, o que eu disser deverá apontar para o caminho percorrido por alguém que era um macaco e que penetrou no mundo dos homens, nele se estabelecendo. Mas eu, certamente, não poderia nem mesmo dizer o pouco que se segue se não estivesse completamente seguro de mim mesmo e se a posição que conquistei, em todos os palcos dos grandes teatros de variedades do mundo civilizado, não se tivesse consolidado de forma inabalável.

Sou originário da Costa do Ouro. Para lhes contar como fui capturado, serei obrigado a recorrer a relatos de terceiros. Uma expedição de caça da empresa Hagenbeck — aliás, desde então, já esvaziei, na companhia do chefe dessa expedição, algumas boas garrafas de vinho tinto — estava de tocaia, em meio à vegetação, à beira da água, quando, à noite, fui beber, junto com minha manada. Atiraram. Fui o único a ser atingido. Levei dois tiros.

Um atingiu minha bochecha. Foi um ferimento leve, que, porém, deixou uma grande cicatriz vermelha, para sempre privada de pelos, graças à qual recebi o nome Peter Vermelho, que é totalmente inadequado, que detesto e que foi inventado por um macaco, como se a única coisa que me distinguisse do recém-falecido macaco amestrado Peter, que é conhecido aqui e ali, fosse uma mancha vermelha na bochecha. Mas isso é apenas um detalhe.

O segundo tiro me atingiu abaixo da bacia, causando um ferimento severo. É por causa dele que, até hoje, ainda manco. Recentemente, li num artigo de algum dentre as centenas de cães que se pronunciam a meu respeito nos jornais que minha natureza símia ainda não teria sido totalmente superada. A prova disso seria o fato de que eu tenho predileção por abaixar as calças quando recebo visitas, para lhes mostrar o lugar onde fui atingido por esse tiro. Todos os dedos da mão do sujeito que escreve coisas assim deveriam ser arrancados, um por um. Eu tenho o direito de tirar minhas calças diante de quem eu bem entender. A única coisa que se encontrará será um pelo bem cuidado e uma cicatriz — vamos escolher aqui uma palavra determinada para um propósito determinado, que não possa ser mal interpretada —, uma cicatriz causada por um tiro cruel. Tudo está exposto à luz do dia. Não há nada para se esconder. Quando se trata da verdade, todo grande homem deixa de lado as boas maneiras. Se, porém, aquele que escreve fosse tirar as calças, o que se veria seria bem outra coisa, e quero considerar que o fato de que ele não o faça seja um sinal de sua razão. Mas, então, que ele se abstenha de me incomodar com suas sutilezas!

Depois desses tiros, eu despertei — e aqui começam, aos poucos, minhas próprias lembranças — numa gaiola, no convés intermediário do vapor da empresa Hagenbeck. Não se tratava de uma gaiola com quatro paredes: apenas três paredes haviam sido pregadas a um caixote, de maneira que o caixote se tornava a quarta parede. O espaço era baixo demais para permitir que eu me levantasse, e estreito demais para que eu me sentasse. Por isso, eu permanecia de cócoras, com os joelhos flexionados, sempre trêmulos e, como provavelmente não quisesse ver ninguém, preferindo permanecer no escuro, me voltava para o caixote, enquanto as pontas da grade, às minhas costas, penetravam na minha carne. Considera-se que manter os animais selvagens dessa forma, de início, seja vantajoso, e hoje, a partir de minha própria experiência, não tenho como negar que, do ponto de vista humano, isso seja verdadeiro.

Mas, naquela época, eu não pensava assim. Era a primeira vez na vida que eu estava sem saída. Pelo menos, não havia como ir em frente, pois na minha frente estava o caixote, tábua pregada sobre tábua. É verdade que, entre as tábuas, havia uma fresta que, quando a descobri, saudei com os gritos alegres típicos da falta de entendimento. Mas essa fresta nem sequer era suficiente para que por ela eu fizesse passar meu rabo, e não havia, mesmo com todas as forças de um macaco, maneira de torná-la maior.

Conforme me foi dito depois, eu fazia extraordinariamente pouco barulho, donde se concluiu que ou eu logo haveria de morrer ou, se eu conseguisse sobreviver a esse primeiro período crítico, seria muito fácil de ser amestrado. Sobrevivi a esse tempo. Soluços abafados, busca dolorosa por pulgas, lambidas cansadas num coco, batidas com o crânio na parede do caixote, botar a língua para fora quando alguém se aproximasse — essas foram as primeiras ocupações de minha nova vida. Mas, em meio a tudo isso, apenas um único sentimento: não há escapatória. Evidentemente que, agora, só sou capaz de recordar aquilo que senti como macaco por meio de palavras humanas e, por isso mesmo, distorço o que recordo, mas, ainda que eu não seja mais capaz de alcançar a antiga verdade dos macacos, pelo menos ela está próxima da minha descrição. Não há dúvida sobre isso.

Pois, antes, eu tinha tantas saídas à minha disposição e agora nenhuma mais. Se eu tivesse sido pregado, minha liberdade, com isso, não teria se tornado menor. Por que isto? Arranhe a carne entre os dedos dos pés e você não encontrará o motivo. Aperte as costas contra as grades, até que elas quase cortem você em dois, e você não encontrará o motivo. Não havia saída, mas eu tinha que encontrar uma saída, pois sem ela eu não teria como viver. Sempre diante desta parede de caixote — eu teria me acabado, inevitavelmente. Mas, nos navios da

Hagenbeck, o lugar dos macacos é diante das paredes de caixotes — e então eu deixei de ser macaco. Uma linha de pensamento clara e bonita que, de alguma maneira, concebi com minha barriga, pois os macacos pensam com a barriga.

Tenho medo de que as pessoas não compreendam exatamente o que eu quero dizer com saída. Eu uso essa palavra em seu sentido mais comum e completo. É de propósito que não falo em liberdade. Não me refiro àquele grande sentimento de estar livre por todos os lados. Talvez eu o tenha conhecido enquanto era macaco, e conheci pessoas que têm saudades dele. Mas, quanto a mim, eu não desejava a liberdade naquela época, tampouco a desejo agora. Aliás: as pessoas enganam umas as outras com a liberdade com muita frequência. E, assim como a liberdade está entre os sentimentos mais sublimes, também o engano que a ela corresponde está entre os mais sublimes. Frequentemente, nos teatros de variedades, antes de me apresentar, vi casais de artistas se lançando para junto do teto em seus trapézios. Eles se balançavam, se lançavam, saltavam, esvoaçavam, um nos braços do outro, um levava o outro pendurado pelos cabelos nas mandíbulas. "Isto também é a liberdade humana", pensava eu, "um movimento autônomo". Que blasfêmia contra a natureza sagrada! Diante daquela visão, nenhuma estrutura construída resistiria ao riso de um macaco.

Não, eu não queria a liberdade. Havia só uma saída: para a direita, para a esquerda, para onde fosse, eu não tinha nenhuma outra demanda, ainda que a saída fosse apenas um equívoco. A demanda era pequena e o engano também haveria de ser pequeno. Avançar, avançar! Qualquer coisa menos permanecer imóvel, com os braços erguidos, encostado na parede de um caixote.

Hoje vejo com clareza: sem uma grande paz interior, eu jamais teria sido capaz de escapar. E, de fato, talvez eu deva tudo o que sou, tudo o que me tornei, à tranquilidade que tomou conta de mim durante meus primeiros dias lá no navio. E a tranquilidade, por sua vez, devo-a ao pessoal do navio.

São boas pessoas, apesar de tudo. Gosto, ainda hoje, de me lembrar do som dos seus passos pesados, que àquela época ecoava em meio à minha sonolência. Eles tinham o costume de fazer tudo extremamente devagar. Se algum deles quisesse coçar os olhos, erguia a mão como se estivesse erguendo um fardo. As piadas que faziam eram grosseiras, porém amigáveis. Seu riso estava sempre misturado com uma tosse, que soava perigosa, mas que não significava nada. Eles sempre tinham na boca algo para cuspir e era-lhes indiferente para que lado cuspiam. Eles sempre se queixavam que minhas pulgas pulavam sobre eles, mas, ainda assim, nunca ficaram realmente bravos comigo por causa disso. Pois sabiam que as pulgas prosperavam em meu pelo e que as pulgas saltam, e se entendiam com isso. Nas horas vagas, às vezes, alguns deles se sentavam em semicírculo à minha volta. Mal falavam, apenas arrulhavam um para o outro, fumavam cachimbo, esticados sobre os caixotes, batiam nos seus joelhos sempre que eu fizesse o menor movimento e, às vezes, um deles apanhava um bastão e me fazia cócegas em lugares que me agradavam. Se hoje eu fosse convidado a fazer uma viagem a bordo daquele navio, certamente não iria, mas também é certo que as lembranças que tenho do convés intermediário não são apenas lembranças ruins.

A tranquilidade que conquistei em meio a essas pessoas impediu-me, sobretudo, de qualquer tentativa de fuga. Vendo a partir de hoje, parece-me que eu, ao menos, intuía que precisava encontrar uma saída, se quisesse continuar a viver, mas que essa saída não poderia ser alcançada por meio da fuga. Já não sei se uma fuga teria sido possível, mas acho que sim: para um macaco, a fuga sempre deveria ser possível. Com os dentes que tenho hoje, preciso tomar cuidado até mesmo ao quebrar nozes, mas, naquela época, com o passar do tempo, eu provavelmente teria conseguido romper o cadeado da porta, roendo-o. Porém, não fiz isso. O que haveria de ganhar com isso? Mal eu tivesse colocado a cabeça para fora, teria sido apanhado novamente e, trancado numa gaiola ainda pior, ou eu teria que fugir, sem que ninguém percebesse, para junto de outros animais, como, por exemplo, as cobras gigantes, que ficavam na minha frente, e teria morrido sufocado em seus abraços, ou teria sido capaz de avançar furtivamente até o convés, saltando então no mar. Ali, teria balançado por um tempinho nas ondas e então teria me afogado. Eu não fazia cálculos tão humanos, mas, sob a influência do meu ambiente, eu me comportava como se os fizesse.

Eu não fazia cálculos, mas observava tudo, com toda a tranquilidade. Eu via essas pessoas andando para um lado e para outro, sempre os mesmos rostos, os mesmos movimentos, e muitas vezes me parecia que era uma única pessoa. Essa pessoa ou essas pessoas, portanto, andavam, imperturbáveis. Um objetivo elevado começou a surgir na minha consciência. Ninguém me prometeu que, se eu me tornasse como eles, a gaiola seria aberta. Não se faz promessas assim, que, aparentemente, não há como se realizar. Mas, quando se realizam coisas assim, então, posteriormente, as promessas surgem exatamente ali onde, antes, eram buscadas em vão. Não havia nada nessas pessoas que me atraísse especialmente. Se eu fosse um seguidor daquela liberdade que já mencionei, certamente teria escolhido o oceano em detrimento da saída que se mostrava para mim por meio do olhar turvo daquelas pessoas. De qualquer maneira, eu já começara a observá-las muito antes de pensar nessas coisas, sim, as observações acumuladas é que me impeliram em determinada direção.

Era tão fácil imitar as pessoas. Logo nos primeiros dias, já aprendi a cuspir. E então passamos a cuspir um na cara do outro. A única diferença é que, depois disso, eu costumava limpar o rosto com a língua, e eles não. Logo passei a fumar cachimbo como um velho, e, quando, além disso, passei a apertar com o polegar o bojo do cachimbo, todos que estavam no convés intermediário se alegravam. Só não fui capaz, por muito tempo, de compreender a diferença entre um cachimbo vazio e um cachimbo cheio.

O mais difícil, para mim, era a garrafa de aguardente. Seu cheiro me torturava. Eu me forçava, com todo o empenho, mas passaram-se semanas até que eu conseguisse dominar essa minha repulsa. Curiosamente, as pessoas levavam estas lutas interiores mais a sério do que qualquer outra coisa em mim. Em minha memória, não sou capaz de distinguir as pessoas umas das outras, mas havia um sujeito que vinha sempre para junto de mim, sozinho ou com seus camaradas, de noite ou de dia, nas mais diversas horas, colocava-se diante de mim com a garrafa e me dava lições. Ele não era capaz de me compreender, mas queria resolver o enigma da minha existência. Devagar, ele tirava a rolha da garrafa e então olhava para mim, para certificar-se de que eu tinha entendido. Confesso que eu o observava com uma atenção selvagem e precipitada. Ninguém que se proponha a ensinar um animal a ser gente encontrará, em todo o globo terrestre, um aluno como eu. Depois que a garrafa tinha sido destampada, ele a levava à boca, e eu o seguia com o olhar, focalizando sua garganta. Ele assentia com a cabeça, satisfeito comigo, e levava a garrafa até os lábios. Eu, encantado com o reconhecimento gradativo, soltava guinchos e coçava o corpo inteiro, onde calhasse. Ele se alegrava, levava a garrafa à boca e tomava um gole. Eu, impaciente e desesperado por segui-lo, me sujava em minha gaiola, o que, por sua vez, proporcionava a ele grande satisfação. E agora, afastando a garrafa de si e erguendo-a novamente até a boca, com um movimento em forma de arco, ele a secava, de um só gole, voltando-se exageradamente para trás, como para dar um exemplo. Eu, exausto de tanto desejo, não sendo mais capaz de imitá-lo, me pendurava na grade, enquanto ele terminava a aula teórica coçando a barriga e sorrindo.

Só então começou a aula prática. Não estava já exausto pela aula teórica? Sim, exausto. Isso era parte do meu destino. Apesar disso, agarrei tão bem quanto pude a garrafa que me foi alcançada, tirei a tampa, trêmulo, e, com esse sucesso, aos poucos foram surgindo novas forças. Ergui a garrafa, imitando perfeitamente o exemplo dele, coloquei-a junto à boca — e a atirei, com nojo, com nojo, embora ela estivesse vazia e apenas contivesse o cheiro, atirei-a, com nojo, ao chão. Para tristeza do meu professor e para a maior tristeza de mim mesmo. Mesmo que, depois de atirar a garrafa, eu não tivesse me esquecido de acariciar, com perfeição, minha barriga e de sorrir, não conseguia me reconciliar nem comigo mesmo nem com ele.

Com muita frequência, era assim que transcorriam as aulas. E, seja dito em favor de meu professor: ele não se enfurecia comigo. É verdade que, às vezes, ele levava o cachimbo em brasa à minha pele, a um ponto difícil de ser alcançado, até que começasse a queimar. Mas, então, ele mesmo o apagava, com sua mão enorme e bondosa. Ele não tinha raiva de mim, pois compreendia que nós dois estávamos do mesmo lado na luta contra a natureza símia e que era a mim que cabia a parte mais difícil.

Mas que vitória, para ele tanto quanto para mim, quando, certa noite, diante de um grande círculo de espectadores — talvez fosse uma festa, um gramofone soava e um oficial andava pelo meio das pessoas —, quando eu, num momento em que ninguém me vigiava, apanhei uma garrafa de aguardente que, por distração, fora esquecida diante da minha gaiola e, em meio à atenção crescente de todos, a destampei, exatamente como aprendera, levei-a à boca e, sem hesitar, sem fazer careta, como um beberrão profissional, com os olhos arregalados e tragando com a goela, de fato a esvaziei. E então, não mais como um desesperado, mas como um artista, atirei a garrafa. É verdade que me esqueci de coçar a barriga, mas, em compensação, como não sabia fazer de outro jeito, porque me sentia impelido a fazê-lo, e porque meus sentidos estavam embriagados, gritei, com brevidade e clareza:

— Olá! — com a voz de um ser humano. Com essa exclamação, ingressei na comunidade humana.

— Vejam, ele está falando!

E o eco de minhas palavras foi como um beijo em meu corpo inteiro, coberto de suor.

Repito, eu me sentia tentado a imitar as pessoas. Imitava-as porque estava em busca de uma saída, e por nenhum outro motivo. Mesmo com aquela vitória, pouco tinha sido alcançado. Minha voz logo voltou a desaparecer, ressurgindo apenas alguns meses mais tarde. E a repulsa à garrafa de aguardente voltou, de maneira ainda mais intensa. Mas a direção que eu tinha a seguir estava definitivamente determinada.

Quando fui entregue ao primeiro adestrador, em Hamburgo, logo reconheci as duas possibilidades que se abriam para mim: jardim zoológico ou teatro de variedades. Não hesitei. Disse comigo mesmo: concentre todos os seus esforços para ir para o teatro de variedades. Esse é o caminho. O jardim zoológico não é nada além de uma nova gaiola. Se você for parar ali, estará perdido.

E assim aprendi, meus senhores. Sim, quando é preciso, a gente aprende. Quando a gente está em busca de uma saída, aprende. A gente aprende sem reservas. A gente vigia a si mesmo com o chicote e, diante da menor resistência, se arrebenta. A natureza símia se afastou de mim, muito depressa, abandonando-me, de tal forma que até mesmo meu primeiro professor, diante disso, quase se tornou um macaco, logo teve que interromper minhas aulas e precisou ser levado a um sanatório. Por sorte, ele logo voltou a sair de lá.

Mas eu consumi muitos professores e até mesmo alguns professores simultaneamente. Quando eu já estava mais seguro das minhas habilidades, e o público acompanhava o meu progresso, e o meu futuro começou a brilhar, eu mesmo passei a contratar meus próprios professores, mandava-os sentar em cinco salas, uma depois da outra, e aprendia com todos, simultaneamente, saltando de uma sala para a outra.

Esses progressos! Esse ingresso dos raios do conhecimento, vindos de todos os lados, no cérebro que desperta! Não nego que isso me alegrasse. Mas também confesso que não me excedia em minha apreciação de tal conhecimento. Não o fazia àquela época e, menos ainda, o faço hoje. Por um esforço que, até hoje, não teve igual no mundo, alcancei o grau de cultura de um europeu mediano. Isso, por si só, talvez não seria muito, mas ainda assim é algo, na medida em que me ajudou a sair da gaiola, proporcionando-me esta saída especial, esta saída humana. Há uma expressão excelente, em alemão: desaparecer na moita. Foi isso o que eu fiz. Desapareci na moita. Não havia outro caminho para mim, sempre partindo do pressuposto de que eu não haveria de escolher a liberdade.

Quando olho para meu desenvolvimento e para meus objetivos até agora, não me queixo nem tampouco me sinto satisfeito. Com as mãos enfiadas nos bolsos da calça, com a garrafa sobre a mesa, estou na cadeira de balanço, meio sentado, meio deitado, olhando pela janela. Se aparecem visitas, eu as recebo, como se deve. Meu empresário está sentado na antessala. Se eu toco a campainha, ele vem e ouve o que eu tenho a lhe dizer. À noite, há, quase sempre, funções, e meu sucesso dificilmente poderia tornar-se ainda maior. Quando volto dos banquetes, tarde da noite, ou de agradáveis encontros com membros de associações científicas, uma pequena chimpanzé, meio amestrada, me espera, e eu me divirto com ela, à maneira dos macacos. Durante o dia, não quero vê-la, pois em seu olhar está a loucura dos animais semiamestrados. Eu o reconheço e não sou capaz de suportá-lo.

De modo geral, porém, alcancei aquilo que desejava alcançar. Ninguém diria que não valeu o esforço. Aliás, não estou interessado nos julgamentos de ninguém. Só o que quero é difundir os conhecimentos. Só o que faço é relatar. E também, aos senhores, excelências da Academia, só o que fiz foi um relato.

QUEM É LUIS S. KRAUSZ

Sou professor de Literatura Hebraica e Judaica da Universidade de São Paulo. Escrevi minha tese de doutorado sobre Joseph Roth, escritor judeu austríaco, e minha atividade como docente e pesquisador tem como foco principal a literatura judaica em língua alemã dos séculos XIX e XX, tema a respeito do qual publiquei vários livros, ensaios e artigos.

Também sou autor de seis romances. Traduzi para o português, entre outros autores, Thomas Mann, Joseph Roth, Elfriede Jelinek, Friedrich Christian Delius, Gregor von Rezzori, Gustav Schwab e Aharon Appelfeld. Recebi prêmios como o Jabuti e o Machado de Assis, tanto por meus romances quanto por minhas traduções.

QUEM É BLACK MADRE

Acreditamos no trabalho feito à mão. Nosso ateliê é um lugar de desenvolvimento artístico, que estimula a criatividade. Nosso foco é a criação de conteúdo artístico de qualidade. Acreditamos que o trabalho manual tem o poder de inspirar pessoas, construir relacionamentos e potencializar ideias. Desde 2009, produzimos projetos para diversos segmentos, como propaganda, *design*, música, moda, editorial e animação. Nosso seleto time de artistas é multidisciplinar em artes visuais, e nosso repertório inclui ilustrações de diferentes estilos, pinturas, gravuras, desenhos, arte digital, *design* gráfico e direção de arte.

Para ilustrar este livro, usamos a combinação de duas técnicas em três etapas. Na primeira etapa, elaboramos a composição das cenas para a aprovação do editorial. Em seguida, na segunda etapa, aplicamos hachuras nas ilustrações utilizando canetas técnicas sobre papel. Esse trabalho manual foi minucioso e proporcionou um efeito incrível na terceira etapa, em que fizemos a colorização digital no estúdio.

Ficamos muito felizes em trabalhar com os textos de Kafka. Tivemos a oportunidade de relê-los e reinterpretá-los, principalmente "A metamorfose", uma narrativa muito importante e pertinente ao nosso mundo atual; afinal de contas, quem não se sente deslocado em nossa sociedade? Também consideramos peculiar, no conto "Na colônia penal", a percepção de que mesmo um sistema perverso só se torna abominável uma vez que não atenda mais o interesse de uma sociedade. "O artista da fome", por sua vez, foi uma surpresa feliz, pois não conhecíamos o texto e, à primeira vista, parecia uma leitura fácil. No entanto, por se tratar de uma narrativa kafkiana, o sentimento de estranheza tornou-se agonia e verdade, nos fazendo questionar: de onde vem nossa fome?

Créditos das imagens, da esquerda para a direita, de cima para baixo:
p. 12, Prismatic Pictures/Bridgeman Images/Easypix Brasil; **p. 14**, Franz Kafka Museum/Fine Art Images/Heritage/Glow; **p. 15**, Giancarlo Costa/Bridgeman Images/Keystone Brasil; **p. 16**, Archiv K. Wagenbach/akg-images/Album/Fotoarena, Städel Museum, Frankfurt; **p. 17**, Historia/Shutterstock.com, ullstein bild/Getty Images; **p. 18**, Marka/Universal Images Group/Getty Images; **p. 19**, Galeria Nacional, Oslo; **p. 21**, PVDE/Bridgeman Images/Easypix Brasil; **p. 22**, Bridgeman Images/Easypix Brasil

METAMORFOSE

Impressão e Acabamento
Oceano Indústria Gráfica e Editora Ltda
Rua Osasco, 644 - Rod. Anhanguera, Km 33
CEP 07753-040 - Cajamar - SP
CNPJ: 67.795.906/0001-10